中国美术学院环境艺术设计系指定教材

新概念中国美术院校视觉设计教材

设计表现教程

环境艺术

教程

施徐华 著

浙江人民美术出版社

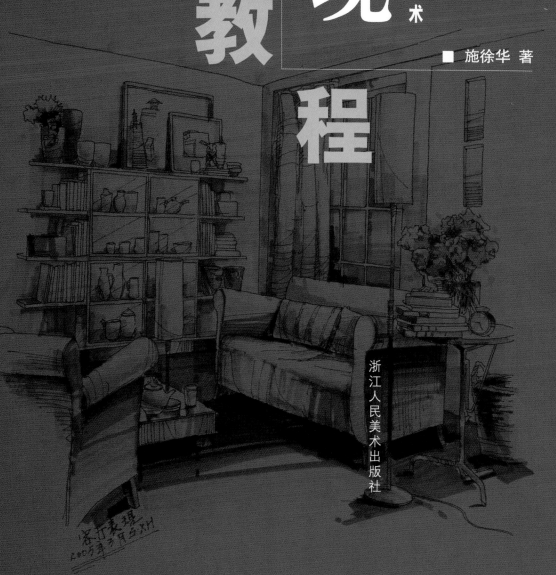

序

——兼作关于"新"与"旧"命题的思考

在艺术设计领域中，不论是在实践层面还是在理论层面，关于"新"与"旧"的命题，总是被人们特别关注的。追"新"，本身就是设计思维的"卖点"。在绝大多数的设计专业领域中，新产品的生成，几乎都是以追"新"为原动力的。设计创意中表现出来的"见异思迁"，更是她的重要特征。当"新"成为设计专业本身的背景常态时，在这样的文化状态中，作为设计专业的学生、从业者或者学者的思想意识很容易受到影响，这种影响力会潜移默化地使人们判断事物的价值观发生变化。最典型的案例其实就发生在我们自己身上。记得二十多年前，当我们还在大学学习以及毕业后的一段时间内，不知怎地就形成一种意识：那种对所有不新（旧的）事物的不屑，那种对"新"、对"现代"观念的憧憬，甚至达到狂热崇拜的地步；由此也转向对传统文化的怀疑，甚至隐含着抱怨和不敬之意，认为周遭的一切之所以不如人（外国），其陈腐应根源于传统文化；欲求中国之新昌盛，必要求"新"意，要"现代化"，其深层的意思，其实就是要"国际化"，要西方化。

理性地分析在设计领域中关于"新""旧"界定所表现出来的现象，我们大致可以得到这样的印象：人们总是对自己所熟悉的事物认定为"不新"，无论它是原有的还是刚刚出炉，由于"不新"，进而转化为"旧意"；而对自己感到陌生的事物，不管它是否已经存在，只要自己没有见过，就易于认定为"新"。这种凭借个人主观感受而做出的判断，其实并没有真理而言，它完全是受评判人的视野和阅历局限的。可是，明白这样的道理，用了我们十多年的时间。当我们在东西方之间走动，参与国际间艺术事务的机会多起来之后，当我们在学术的平台上与西方的思想者作了比较深入的沟通，西方文化中许多弊端在这个交往的过程中逐渐地显露之后，我们才开始逐渐把意识的关注点放置到比较客观的位置上，才觉得文化的事情原来是如此复杂，才比较清楚地意识到：那些"新"的原来只是陌生，而那些"旧"的原来蕴含着非常丰富的"新"的生机。

现实的情况往往是西边认为旧的，东边则以为新，只因中部隔着一条河。而在这条河上，缺的仅仅就是一座桥。于是，结论就大相径庭，其严重性不亚于瞎子摸象。"新"与"旧"，在更多的情况下是相对的，人们很难从绝对意义上对其加以定义。法国有一句古老的谚语：阳光底下，没有新鲜事。尽管这条谚语不是绝对的真理，但是，在我们的生活经历里面，世界上的事物及其变化规律之本质，难道不是更多地呈现出这样的情况吗？因此，我会本能地对在我眼前出现的所有关于"新"的事物或者冠以"现代"名义的东西非常敏感。

近日，应本套教材的编辑程勤和作者之一王焱先生约见，希望我为此系列丛书作序。在我的案前，摆出一叠关于视觉设计教材的书稿和十本一套书的书名以及一批作者名单。看到丛书的总名称："新概念中国美术院校视觉设计教材"，心里本能地会对这"新概念"的命名存有疑问，这也是本文开篇的感触。除去出版者出于策略上的思考，对于"新概念"命名的存疑，就使我犹豫。因为，我首先很自然地要追问：所谓的"新概念"，究竟"新"在哪里？书稿未全，暂时无法通览。故而，难以得出具体的"新"的印象。让我如何作文？

然而，当我面对本系列丛书的作者名单时，我感受到一种"新"的气象，甚至有一种压力和局促之感：一色的年轻人！而且基本上我都认识。除了个别是原中央工艺美院毕业生之外，绝大多数是中国美术学院（原浙江美术学院）毕业的。其中好几位在近十年内或之前"不幸"被我教过。他们当年在课堂上的表现，如今依然历历在目。弹指一挥间，这些人竟然都已成为各自所在学校的骨干教师或者是学科带头人。我隐约地感到有点不可思议，就像一位老者对看着身边长大的年轻人的发达心怀困惑一般。他们代表着新一代的学者，肩负着发展的大任，未来应由他们来写书，他们带着新的思想。

　　对于他们来说，从学校毕业到现在，已经经过近十年，有些是十多年了。在过去的岁月里，正值我国改革开放进入辉煌的时期。对于从事设计专业的人来说，这是一个有大作为和大发展的时期。他们中的大部分人就是在这个时期内"下海"的冲浪者，他们或受雇于设计企业或直接创业，在商战前沿阵地的硝烟中出生入死，几轮冲杀，沉浮于市场的大浪中。此中的创伤之痛，收获之喜，没有人能比他们自己感受得更真切。关于设计教育方向的确立，设计教育的时间长短，他们是实践的一代，因此，他们是有发言权的。由他们回过头来总结那些年所受的教育、所经受的市场的检验，以及这些年他们自己作为教育者所获得的经验和教训，应该是有意义的。因此，我相信他们编撰这套教材，比我们这代、或者我们师长那代人来说，应该要有许多独具的新意。

　　在我国，设计学科在最近的几年里"爆炸性"地发展，造成了各个不同类型、不同方向和不同级别的设计院校出现整体性的危机：到处是攒动的学生、奇缺的师资和匮乏的教育指南性的文献；在这个时代里，原有的权威性的声音早被那些来自市场的叫卖声、高新科技的振动声、丧失方向的叫喊声、伪学术的喧嚣声以及层出不穷的各种各样思潮所湮没。仿佛是一个新的"万家争鸣"的时代到来，这时候如果多一些带有"正声"色彩以及大无畏高频率的年轻的声音汇入，无疑是有积极意义的。

　　总之，实践者能够从嘈杂的市场上暂时地静下来，拿起笔对学科的根本性问题进行思考，这不论对作者还是对事业本身都是有意义的。至于"新"与"旧"的争辩，在这个层面就显得不那么重要了，因为，更多的人期待着正确的声音。

宋建明

中国美术学院副院长、中国美术学院设计学院院长、著名色彩学者

序

——新生活、新概念、新设计

不约而同，全国南北艺术设计教育界的仁人志士，在近几年中，都推出了以探索为目标的设计教育研究丛书，这种现象的出现意味深长，它象征着中国的设计教育终于到了开始尝试自主发言的时候。

改革开放二十余年，中国现代设计的发展之快是有目共睹的，这首先得益于市场经济的发展，经济模式的转化和由此而来的生活方式的巨变，直接催生了新设计的产生，但是，必须承认，中国的现代设计的发生又是仓促和特殊的，它不是在产业社会常规发展中成熟的产物。在引进与合资、时尚与本土、学习与创造等复杂的关系和现实中，隐藏着许多深刻的矛盾和问题，社会产生的设计问题同时也体现在设计教育上，近年因推行的扩大招生而形成的设计专业在全国各省市的"遍地开花"，究竟会产生怎样的结果，虽然现在还不好下结论，但不容忽视的是由于过快发展，教学的无序、师资的良莠不齐、教材的随意、方法的陈旧、招生的混乱等都导致了"泡沫教育"与"泡沫设计"的并存。设计产业的推动必须有"创意设计教育"来推动，但是，我们无疑还做得很不够。

古希腊思想家普罗塔戈曾说"头脑不是一个被填满的容器，而是一把需要被点燃的火把。"在经济全球化的时代，具有自主知识产权的设计比任何民族主义的"爱国"口号都来得重要，而"自主知识产权的设计"怎么产生？关键还在于我们的设计教育，作为一个培养设计人才的机构，设计专业的实践的特殊性，使得设计教育迥然有别于一般的艺术教育，法国启蒙哲学家卢梭强调传统工艺的教育目的是：通过手、眼、脑等合力和谐调的劳动，使人的身体和心智得到发展，从而为社会培养出具有健全而朴素的人格的人。但在后工业社会，特别在互联网时代，通过设计介入生活方式的意义变得更为复杂，设计通过人造物与社会生活发生密切的联系，但设计已不是一般意义上的人造物，而是与社会形成一个系统，设计不仅是一件单纯的设计作品，而且是功能、地域方式、时尚、营销策略、售后服务等的综合。在这样的背景下，我们究竟能够给予学生什么？教育事业的前瞻性究竟应当为学生的未来做出怎样有远见的思考？

说到设计教育，专业界都会想到包豪斯，从上个世纪30年代开始，中国就有老一辈艺术家接受过它的影响，80年代开始，经由香港设计界传入的日本的所谓三大构成设计基础教育方法，实际上发端于包豪斯，然而最初的三大构成虽然便于设计教育形成规范化的体系，从而便于教学和学习，但它将设计教育的本质进行了机械理解，其局限也是显而易见的。现在回过头来看，中国设计近一百年的历史，对包豪斯始终都是曲解的历史，80年代大力介绍包豪斯的时候，我们又仅仅将它理解为一所现代设计学院，于是，功能主义便成为那时中国人宣扬设计之上的最好理由。

但包豪斯确实不是一所单纯的设计学院，因为它充满了理想。初创时期的包豪斯困难重重，但凭着格罗皮斯的努力，建成了一个相对好的餐厅，就足以留住那些日后在设计界灿若群星的教师和学生，因为在那里，大家可以自由谈理想，这理想是一种通过艺术来改造社会的理想，因此，包豪斯才能同时容纳伊顿、纳吉和康定斯基，才能异想天开地将形式大师和手艺大师结合在一起，才能有日后纯艺术的可能，新设计的可能，形式主义的可能，功能主义的可能，当然也有向纳粹屈服的可能，所有的这一切复杂性和争议，都源于"理想"，因为只有理想，才赋予包豪斯的创造力和种种可能！

包豪斯的导师们给那个时代的年轻人指引了一条通往幸福的伟大之路。在理想的指引下求学，是一种可以看得见未来并能造就未来的时刻，是自由的阳光照耀下的思想的黑土地。包豪斯那白色的如光芒般辐射的教学楼，是德国的理性与乌托邦般精神的象征。

重提包豪斯是有意义的，今天各位读者看到的这套书就是一种证明。近几年来，设计的技术化倾向的教育思维已经成为设计发展的阻碍，经济的高速发展不断刺激着社会的新的消费模式的产生，设计师疲于奔命或仅仅满足于客户的一般要求，中国的现代设计长时间内在低水平上重复，与之相应，现代设计教育也以培养市场需要的设计从业者为目标，致使高等设计教育沦为职业教育。有许多有识之士痛心疾首，感到中国设计离市场太近，缺乏理想，缺乏创意，已经使原本最有活力的中国设计停滞不前。因此，不约而同，大家起来重温包豪斯的理想主义年代，身体力行，结合本国设计教育的实际，开始自主发言。

"新概念"是本套视觉设计教材的主旨，我的理解，所谓"新概念"不是对设计教育的全面颠覆，而是针对约定俗成的分类，结合自己的教学心得，提出了新的见解。值得注意的是，虽然他在专业分类上沿用既成的分类，但读这些书的前言，就会发现，每位年轻的作者已经改变了既成分类的本质，也就是说，他们用全新的诠释，改变了专业本来的性质，我原来担心在设计综合化的时代，这种在既成的分类下重编，很容易会吃力不讨好，但现在看来，这套书无疑已经取得了突破。《广告设计教程》《平面构成教程》《立体构成教程》《包装设计教程》《色彩构成教程》《VI设计教程》等册的教材结构是在每册依据内容的需要而具有鲜明的特色的同时，又遵守教材的基本规范，且具有严谨性，其单元内容分配又具有良好的操作性。

有人说过，设计永远是年轻人的事业。这不仅是指新设计的消费的主体永远是年轻人，更在于真正能敏锐把握生活，创造性地倡导新的生活方式的主体也非年轻人莫属。这套丛书的作者大都是中国美术学院毕业的在职教师，他们与中国的改革开放的年代同步成长，经历了设计教育观念转型的阵痛和思索，因此他们知道，真正的设计学习不只在学校教育之中，同时也在面对问题，如何找出解决之道的实践中。因此他们非常注重创造力和想像力的培养。他们知道，一个优秀的设计师首先是一个有教养的、有个性的消费者，

只有把设计教育的本质思考与人类对于"设计"的社会价值与文化价值思考的主题结合起来，将广阔的人文学科的内容带入设计教育学科，让设计师成为具有完善和健康的人格的人，才能创作出对人类今天及未来有益的设计。

我想这是丛书作者们的目的，也是我的希望，希望我的这篇写在前面的文章，能起到为他们正在参与进行的中国设计教育改革做吹鼓手的作用。

杭 间

清华大学美术学院教授、博士生导师、著名艺术学者

目录
CATALOG

PREFACE

表现技法教学与现代环境艺术设计

当今社会，人类所处的是一个高度现代化、信息化的社会。新材料、新技术的不断涌现，带来了新的思想和观念，直接影响着人们的生活方式和审美观念。于是人们提出了科学与艺术相结合的观点。

电脑自问世以来，其技术的应用已涉及到人类所能接触到的各行各业，它不仅改变了人们的生活习惯，也使各行各业在技术应用等方面发生了重大的变化。在设计界，电脑辅助设计的应用，大大改变了以往的设计模式和操作过程。过去需要用双手完成的大量设计工作逐渐由电脑来完成，通过电脑操作可以轻松地处理复杂的图形设计，在设计过程中还可以不断地修改和补充，这大大提高了设计效率，缩短了工作时间，减轻了工作强度。由于电脑的优越性，设计单位与在校学生对电脑设计曾一度表现出极大的热情，纷纷选用电脑设计进行设计构思。传统的手绘设计大有被电脑设计所替代的趋势，更有甚者认为掌握了电脑设计软件的操作就等同于掌握了艺术设计。这实际上误导了人们对设计本质的认识，更无视作为设计师所应该掌握的一项基本技能——手绘设计表现，使自己的学习陷入一种误区。那么，电脑设计是否真正能替代手绘设计，手绘表现技法是否真的已经过时，已经没有必要掌握了呢？

事实并不是如此，有灵气的手绘设计表现图与呆板的电脑设计表现图两者有很大的区别，机械的电脑绝对替代不了灵活的人脑。手绘设计表现是视觉设计造型最基本的表现手段，更能表达出设计师视觉思考的实质，融合精神与知觉，唤起想象，所以，手绘设计表现又重新被越来越多的设计师所重视与运用。

本书简明扼要地介绍了一些绘制手绘设计表现图的基本知识、原理及主要规律，以及一些程序化作图的方法，解析及分步骤演示各种当下比较实用的表现技法，并附有大量的作品参考图例，主要供环境艺术设计专业的学生学习使用，希望能对有一定绘画基础的同学有所帮助。要掌握环境艺术设计表现的技巧，必须要通过长期的实践、体会和磨练才能水到渠成，才能充分、自如地表达设计构思。设计表现技法的种类较多，分类方法也不尽相同，但其目的都是为了便于学习，通过各种技法的练习，熟悉在不同情况下采用不同的技法进行表达。最后的结果应是不管你采用何种工具和材料，运用何种技法，只要能充分表达设计意图、符合设计要求即可，这才是人们学习设计表现技法的目的。

一、设计的思考与表达

设计表达是设计师用来阐述设计思想的一种表现形式，它是设计者表达设计意图的媒介，也是传达设计师情感及体现整个设计构思的一种设计语言。对于在建筑设计、室内设计、景观园林设计等各相关专业内从事学习和工作的人们，空间形象的思考能力以及将设计结果用视觉语言表达出来的能力，应是两个必须具备的基本素质。即"设计思考与表达"。

设计思考大致可分为两个阶段：第一阶段是个归纳与推理的过程，其间进行的可能性比较、对功能问题的思考、对整体环境效率的分析等将成为这个阶段的主要工作内容。该阶段的工作形式可能是文字的、图表的，其结果则可能是分析性的或决策性的。第二阶段的工作则相对具体些，它是将前一阶段决策性成果用空间语言进行具体深入或调整的过程。在这一过程中，设计师的空间想象力起关键性的作用，而手上功夫则是确保工作顺利进行的基础。这是一个手脑并用的过程。可以说从得到设计项目后产生的第一个设计思维开始到最终表现图的完成，大脑和手自始至终都在不停地进行互动式的信息交流。设计的过程是思考的过程也是表现的过程，设计思维不断地在表现中完善，表现图也随着思考的深入而逐渐成形。设计初始阶段的构思大多是探索式的、开放式的，设想着设计的多种可能性，呈现在纸上就成为了零星的、片段式的草图记录。随着设计思维深入，原始的概念逐渐清晰起来，设计图纸也由最初抽象的草图形式转变成了较为具体的设计稿。当设计思考完全成熟，最终的表现效果图便绘制完成了。这样的整合设计模式，思考和表现总是在同时进行的，两者相互依存，不可分割。它可以帮助设计者随时整理设计思维，去伪存真，将具体创造性的设计概念表达出来，而表现图也自始至终地记录了设计思考展开和完善的过程。因此，我们在学习设计思考程序与方法的同时，有必要掌握一套正确有效的设计表现技法，由此达到脑、手互动的目的。

二、关于表现技法

环境艺术设计的表现技法是指通过图像或图形的形式来表现设计师设计思维和设计理念的视觉传达手段。设计师用表现图的形式来表现自己的设计，展示自己的构思。因此，表现图不只和设计师有关，更重要的是它和甲方（客户）有关，表现图的最终目的无非是为甲方提供方案预想效果，借以向客户显示其设计构思和设计计划，交流相互的见解，试图找出共同语言，判定适合于现实用途的设计形式。

环境艺术设计的表现图能形象、直接、真实地表现出室内外的空间结构，准确表达设计师的创意理念，并且具有极强的艺术感染力。它同其他表现方式相比，具有速度快、易修改、真实性强等特点。所以练就绘制漂亮的表现图的能力是从事环境艺术工作的设计人员的"看家本领"。表现技法课程也就成了环境艺术设计专业的重要课程之一。

三、表现技法的教学体系

如今，在我国美术院校表现技法课程的开设，已经相当普及了，然而就其表现技法种类的选择还是相当滞后，有些甚至还是沿用20世纪90年代初那些陈旧且不实用的表现技法。如水粉表现技法、喷绘表现技法等。教学内容也大同小异。因此，急需建立由浅入深、由低到高、由刻板到活跃、由陈旧到实用的学科教学体系，以改变目前表现技法教学缺乏科学性、系统性的局面，提高教学质量，使学生能在较短时间内集中掌握比较实用的表现技法。因此，在表现技法教学中，建立一套完善的、科学的表现技法教学体系是至关重要的。

四、表现技法的教学目的与任务

表现技法课是一门集绘画艺术与工程技术为一体的综合性学科。表现技法是建筑设计师和环境艺术设计师所必备的基本功与艺术修养，它作为表达和叙述设计意图的方式，是设计师与业主沟通的桥梁。

通过该课程的学习，培养学生具有对事物的审美能力、鉴赏能力，加强对空间的理性认识。手绘表现图作为学生基本功的体现，是建筑系、环艺系学生必须要掌握的一门课程。学好该门课程，除了作为交流工具以外，在设计课深入构思的过程中还具有极大的帮助作用，它能在创造过程中不断完善自身的设计方案，开拓并激发出更多的潜在可能性，同时，可快速追踪不断涌现在头脑中的创造力。

通过该课程的学习，使学生了解室内外表现图中各种表现手法的特点与步骤，提高鉴赏能力和空间想象力，加强画面意识，掌握并熟练运用各种快速简便的表现方法，在今后的学习和工作中，能准确而快速地表达设计构思。

五、表现技法的教学方法与步骤安排

表现技法课是一门技能性较为突出的课程，因此本课程较注重技法训练，要求学生通过大量的案例练习，以达到轻车熟路的程度。课堂教学以学生动手练习为主，教师教授理论为辅，练习的方法以临摹、图片归纳（或称临摹图片）为主，写生、创作为辅。在授课时应该训练学生掌握三种以上的表现技法并进行练习。（麦克笔是近几年从国外引进的一种表现室内外效果图的工具。因其色彩艳丽透明、概括性强，被广大设计师所采用，因此在教学中以麦克笔表现技法为重点进行详细讲解。）由于课程时间较长，采用阶段式、循序渐进的教学训练方法，每个阶段应有不同的侧重点。在强化训练数量的同时注重质量的把关，同时根据每个学生的不同特点采取因材施教的教学手法。

以下是相应的表现技法教学步骤安排，仅供大家在表现技法教学过程中参考。

周次	教学形式	教学基本内容	作业要求	课时数
一	课堂教学辅导	表现技法的表现形式、相关基础 设计速写技法练习 1. 用线条表现各种材料的质感 2. 用线条表现各种室内陈设的形体与质感 3. 用线条表现各种室外景观小品的形体与质感 4. 用线条表现各种室内外空间	A4 图纸 20 张	14
二	课堂教学辅导	麦克笔的技法 1. 麦克笔工具技法介绍及其特性 2. 麦克笔技法训练过程 ①色彩的混合叠加 ②线条与笔触 ③形体和质感的表现 ④临摹的写实手法	A4 图纸 15 张	14
三	课堂教学辅导	⑤结合设计用麦克笔方式进行室内环境的表现 ⑥结合设计用麦克笔方式进行室外环境的表现	A4 图纸 10 张	14
四	课堂教学辅导	彩色铅笔技法 结合设计用彩色铅笔方式进行表现 水彩技法 结合设计用水彩方式进行表现 综合表现技法 1. 结合设计用麦克笔和彩色铅笔结合的方式进行表现 2. 结合设计用麦克笔和水彩结合的方式进行表现	A4 图纸 4 张	14
五	课堂教学辅导、教学总结、评估	特殊技法 结合设计运用手绘与电脑相结合的表现技法进行创作	A4 图纸 2 张	14
		合计	A4 图纸 51 张	70

速写华
04/8.2
四川 郎木寺.

第1章

THE FIRST CHAPTER

FUNDAMENTAL FACTORS

基本要素

第一章 基本要素

在现代设计中，无论使用何种表现技法，其目的都是表现设计者的艺术创意和构思。透视效果图的最终目的是通过一种易于被人接受的表现方式，使对方认可的设计方案。一幅好的表现图，是一个优秀设计师在设计能力、绘画技巧及个人艺术修养等方面的综合体现。要想画出优秀的设计表现图，在绘制的过程中有四点是必须要掌握好的。

首先是要掌握好画面的素描关系。只有素描关系处理得得当，画面才能够有立体感，才能够表现出远近的虚实空间层次；其次，要把握好色彩关系。这里所指的色彩是指物体的固有色以及整个空间的色调，只有处理好它们的色彩关系，才能够表现出物体的色彩、质感，才能准确无误地将色彩效果传达给对方；再者，是要有一手漂亮的钢笔画，各种不同的设计表现图都是建立在钢笔画的基础上敷色而成，钢笔画的好坏直接影响到表现图的效果。最后是要有准确、严谨的透视，这是一幅手绘表现作品成败的关键。

以上谈到的四点，其实也是画好设计表现图所必须要掌握的基本要素。没有扎实的绘图基础，不仅给表现技法的学习造成很大的困难，同时给今后的设计思维的表达也会带来很大的障碍。

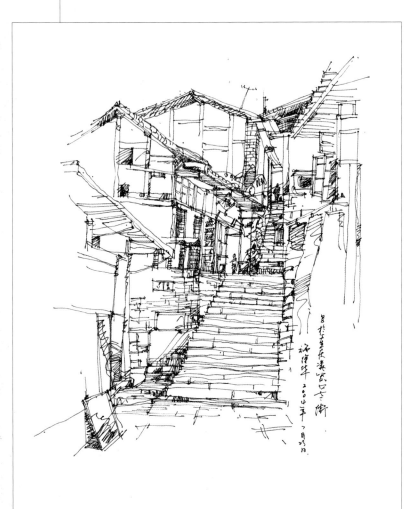

图1-1-1

第一节　素描

　　素描是造型艺术的基础,学习素描可以了解和掌握造型艺术的特点及基本规律,培养正确的思维方式和观察方法。素描是构成一张成功表现图的形象、空间、明暗和体量感的基础。一幅有表现力、能够充分表达画面效果的表现图,在很大程度上依赖于形体与空间的塑造。而素描是塑造形体与空间最基本的手法，其中造型因素有以下几个方面：

图1-1-2

图1-1-3

图1-1-4

图1-1-5

一、构图

构图是指画面的布局和视点的选择，构图也叫"经营位置"，是设计表现图的重要组成要素。

表现图的构图首先一定要表现出空间内的重点设计内容（主体），并使其在画面的位置恰到好处。所以在构图之前要对施工图进行完全的消化，选择好的角度和视点，待考虑成熟之后做进一步的绘制。绘制时构图应遵循的基本规律是：掌握主体突出、画面均衡、疏密有序的基本原则。

■ 主体突出

每一张设计表现图所表现的空间都会有一个主体，在表现的时候，常常将主体集中于灭点方向，利用明暗调子突出重点，也就是将光线聚集在主体上。

■ 画面均衡

对称均衡与非对称均衡。在表现比较庄重的空间设计图时，可采用对称的构图形式。而如果要表现活泼、生动的空间设计图时，则应该打破构图的对称形式，产生动势，从而使画面具有丰富的韵律美感和节奏感。

图1-1-6

■ 疏密关系

构图中的疏密关系即素描关系处理得好坏，将直接影响到整幅表现图的视觉效果。而疏密变化分为形体疏密和线条疏密或两者结合，也就是点、线、面的组织关系。在实际的表现图绘制中，一般为主体密，配景疏，甚至放弃次要部分以产生更为强烈的疏密对比关系。

构图的成功与否直接关系到一幅表现图的成败与否。不同的线条和形体在画面中产生不同的视觉和艺术效应。好的构图能体现出表现内容的和谐统一。

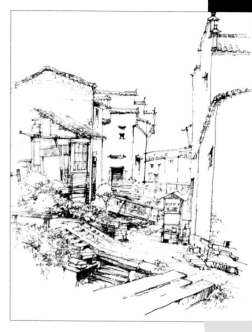

图 1-1-7

图 1-1-8

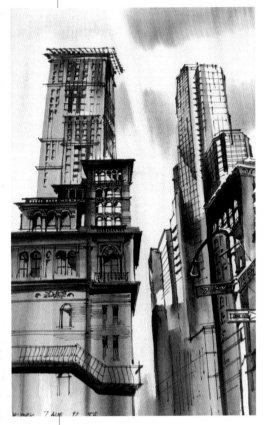

图 1-1-9

二、形体的表现

一幅设计表现图是由各种不同的形体来构成的，而不同的形体则是由各种基本的结构组成的，不同的结构以不同的比例结合成不同的形体，所以说最本质的东西是结构，它不会受到光影和明暗的制约。人们之所以能认识物体首先是从物体的形状入手，之后才是色彩与明暗，形是平面，体是立面，两方面相互依存。形体基本上以两种形态存在着：一种是无序的自然形态，一种是人造形态。而我们可以把这两种不同的形态都还原为组成它的几何要素，所以一些复杂的形体可以以简单几何形体的组合来理解它，把握它。

在表现图中，空间的物体为实，它的互补为虚，可以从多方面来掌握其规律。

在室内表现图的素描基本训练中，可以先进行结构素描训练，从简单的几何形体到复杂的组合形体、有机形体。从外表入手，深入内部结构，准确地在二维空间中塑造三维的立体形态。

图 1-1-10

三、光线的表现

在掌握形体的基础上，为进一步表现空间感和立体感就要加入光线的元素。在视觉中，一切物体形状的存在都是因为有了光线的照射，产生了明暗关系的变化才显现出来的。因此明暗关系是所有表达要素中最基本的条件，然后才依次是光线作用下的色彩、光感、图案、肌理、质感等。光源分为自然光和人造光，不同的光照方式对物体产生不同的明暗变化，从而对形体的表现产生很大的影响。室内表现图多为顺光，顺光以亮部为主，暗部和投影的面积都很少，变化也较少。在作画的过程中，一定要分析各空间、各物体的明暗变化规律，把明暗的表现同对物体的分析统一起来。

图 1-1-11

图 1-1-12

图 1-1-13

四、空间的表现

由于在我们周围自然环境中的空气里有很多种能阻碍光线的微粒，所以随着天气的变化，我们视觉上的能见度就不一样了。空气不是完全透明的，我们看空间中的物体，就是远处模糊，近处清晰；远处灰暗，近处明亮。利用这种视觉特征，结合画面的素描关系来表达远近关系即我们说的空间感。在表现图中用以下方法可以产生空间感，即画面的深度效果：

■ 重叠形式

当一个空间中两个物体重叠在一起时，眼睛看到的是一个物体在另一个物体的后面，这样就产生了三维空间效果。

■ 缩小尺寸

同样大小的物体如果距离拉远了，就会显得小些。即使是像云这样不规则大小的物体，如果把靠近地平线的云画得小些，也能产生很好的深度效果。

图 1-1-14

■ 聚集线条

聚集线条就是像人行道、规则的河道等这样
的平行线，在伸向远方到达地平线处时会聚集在
一起。这种现象是线条透视观察的基础。

■ 淡化边缘和对比

越是远处的物体，因空气的介入会淡化边
缘，减少对比度。有时也称为空气透视观察。

图 1-1-15

图 1-1-16

图1-1-17

思考题

1．素描与设计之间的关系。

2．环境艺术设计表现和绘画艺术的表现主要区别是什么？

3．空间表现的几种形式。

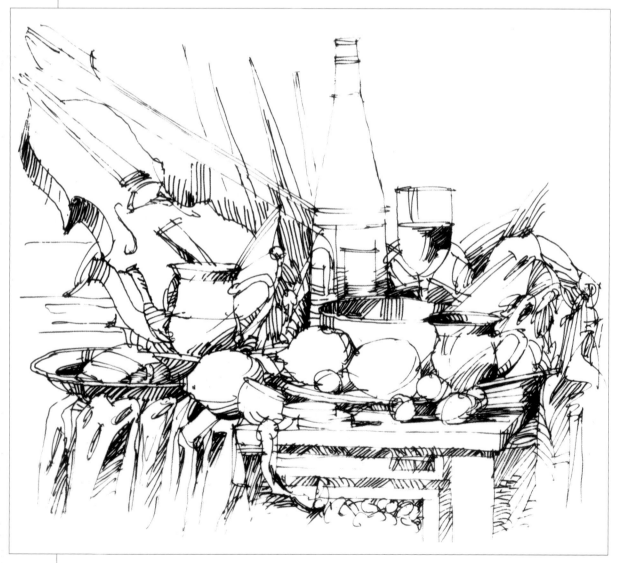

图1-1-18

图 1-1-19

图 1-1-20

第二节 色彩

色彩使我们更全面地认识了世界，是视觉艺术中的重要研究对象。可以说没有色彩就没有视觉艺术，所以我们说色彩设计基础是所有视觉艺术的基础，当然也是表现技法的基础课程。

学习色彩可以培养学生具有对事物的表现能力、审美能力和鉴赏能力，掌握绘画的基本技法。设计师在设计创作中要表现环境的哪一种色调，以及在设计中所体现的材料、色泽、质感等，都需要通过色彩的表现来完成。色彩本身是很感性的，所以运用时需要我们用理性的态度加以把握。色彩会影响人的情绪和感觉，运用良好的色彩感觉以及能娴熟地驾驭色彩的表现技巧，所绘制出来的表现图，不仅能准确地表达室内外的色调及环境，而且能给人创造出愉悦的心理感受。这不仅需要设计人员不断地学习理论知识，更重要的是通过自身不断实践去掌握和总结专业技巧。因此，掌握色彩的理论知识和加强专业色彩的训练是"表现技法"课程中的一个重要的教学内容。

图 1-2-1

图 1-2-2

一、色彩的基本原理

1. 色彩属性

色彩的色相、明度、纯度被称为色彩的三要素。许多色彩原理都出自三要素之间或由此演变的关系。

■ 色相

色相是指色彩呈现的面貌，也可以说是各种颜色的倾向，是色彩最基本的特征。例如红、橙、黄、绿、青、蓝、紫是最基本、纯度最高的色相，还有成千上万由此衍生出来的色彩都具有各自非常具体的相貌。

■ 明度

明度是指色彩的明暗程度。明度最高的是白色，最低的是黑色，它们之间按不同的灰色排列显示了明度的差别。有色彩的明度是以无色彩的明度为基准来判定的。例如粉红、大红、深红都是红，但颜色一种比一种深。

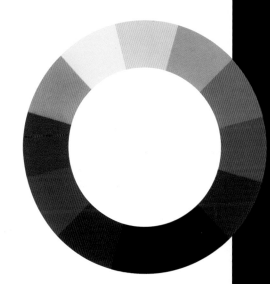

图1-2-3

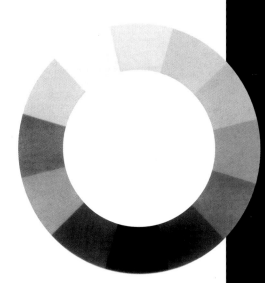

图1-2-4

图1-2-5

图1-2-6

■ 纯度

纯度是指色彩的饱和程度,是颜色本身纯净的程度或者说纯粹的程度。色彩的相对纯度取决于在色彩里加入白色或灰色的多少。灰越少,纯度越高。含灰越多,纯度越低。

二、色彩的搭配

画面要达到既统一(调和)而又有变化(对比)的色调,常依靠色彩在画面中对同类色、类似色、对比色进行调和。

■ 同类色调和

对同一色相的色彩进行变化统一,形成不同明暗层次的色彩。它虽只是明暗变化的配色,却能给人以亲和感。

图1-2-7

■ 类似色的调和

色相环上相邻色的变化统一配色，如红和橙、蓝
和绿等，它给人以融合感，可以构成平静而又有一些
变化的色彩效果。

■ 对比色的调和

补色及接近补色的对比色配合，明度与纯度相差
较大，给人以强烈鲜明的感觉，如红与绿、黄与紫、蓝
与橙等。

图 1-2-8

图 1-2-9

图 1-2-10

三、色彩在专业设计中的作用

1. 烘托空间的情调与气氛

通过视觉对色彩的反映，作用于人的心理感受从而产生某

种联想，引起感情方面的变化。不同的色彩能营造不同的室内

气氛和室内情调，从而让人产生不同的心理感受。如：

红色——热烈、活力、注目

橙色——温和、快乐、甜美

绿色——安全、自然、和睦

蓝色——寒冷、纯净、广阔

白色——明确、单纯、明朗

黑色——严肃、沉稳、凝重

灰色——中性、单调、均衡

图 1-2-11

图 1-2-12

我们可以运用色彩的象征性来控
制表现图的色调，有目的地强化色彩
倾向，调节表现图的室内气氛。

图1-2-13

图1-2-14

图1-2-15

2．调节空间的大小

人们对色彩的感受是靠眼睛的作用来获得的，是一种生理现象。不同波长的色彩会形成不同的色彩感觉，波长较长的暖色具有扩张和超前感，会使一定的室内面积增大；而波长较短的冷色，具有收缩性和滞后感；处于中等波长的色彩，则具有中间感觉，有一种稳定感。学习并运用好色彩的空间作用，对于预想效果图的绘制与表现具有很好的实际作用。

图 1-2-16

3．吸引或转移视线

通过色彩对比的强弱，来吸引观察者的视线是常用的表现手法之一。在室内突出的主体部位，可以强化其色彩对比，多运用补色以增强视觉冲击力。在室内空间分割或转折的部位，也可以运用色彩加以分割，表明空间的特定局域性，使空间有较强的整体感。

图 1-2-17

4．连接相邻的空间

在一个大空间中通过对色相相同或相近的色彩的运用，来连接几个相邻的子空间，使它形成一个较大空间。表明几个小空间是在统一领域内，给人感觉是一个整体性的大空间。

图1-2-18

5．割断和划分空间

通过色彩的色相的差异对比将一个大空间划分成几个不同功能的子空间，这种现象在公共空间中常出现。

图1-2-19

图 1-2-20

四、色彩在环境艺术设计中的运用

人们对不同的色彩环境会产生不同的心理和生理感觉反应，因此不同功能用途的室内外空间，其色彩环境也应随之改变。

1．居住空间的色彩设计

居室环境色彩的设计大体上可分为：背景色彩、主体色彩和点缀色彩三个部分。

背景色彩是指室内固定的地板、天花板、墙面及门窗等建筑设施的大面积色彩。这部分色彩以采用纯度较弱的宁静色为宜。

主体色彩主要指居室内可以移动的家具、织物陈设品等一些中等面积物件。实际上是构成居室环境色彩的主体部分，也是构成各种色调的基本因素。

点缀色彩是指室内环境中最容易变化的小面积色彩，如靠垫、摆设品等。点缀色彩只有采用最为突出的强烈色彩，才能发挥其点缀效果。

图 1-2-21

2．办公空间的色彩设计

办公室是各种性格、各种情感的人聚集在一起的工作场所，因此不能像个人住宅那样强调个性的特征，色彩配色一定要充分考虑办公室的特点。配色合理的办公室，能提高职工的工作效率，并能减轻职员的疲劳感。办公室的色彩应能营造出稳重、整洁、有秩序、有朝气的气氛。

图1-2-22

3．商业空间的色彩设计

商业空间提供给人们的主要是购物的环境。琳琅满目的商品，会使商业空间显得色彩缤纷。因此，在进行商业空间色彩设计时，不仅要考虑到顾客的感受，也要注意到营销人员的感受。商业空间色彩的整体设计应倾向于明快、生动的色调。

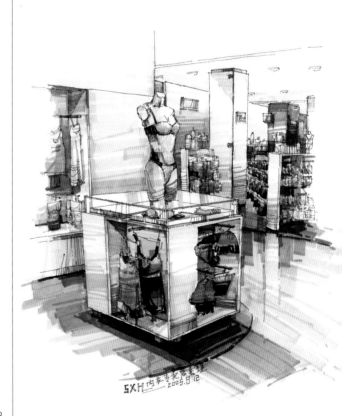

图1-2-23

图1-2-24

4. 餐饮空间的色彩设计

餐饮空间是人们进餐、休息、约会的场所，色彩的配置应充分考虑到餐厅的功能，以达到增进顾客的食欲，保证客流频率，营造出舒适气氛的效用。

5. 娱乐空间的色彩设计

娱乐空间包括很多方面，也可以有很多种类。歌舞厅、电影院等内部空间由于功能的需要，多为光照不足的暗色。在设计时应注意人们从外部亮环境进入室内暗环境的过渡。室内墙面、地面材料颜色的选择应更多地注重与整体环境的谐调。而健身、会所等场所的设计更应突出浓重的色调以调动人们的情绪与情感。

图1-2-25

6. 外部空间的色彩设计

色彩是外部空间设计中（环境景观设计）最重要的设计手段之一，也是环境景观设计中最易创造气氛和情感的要素。

外部空间的色彩设计应结合室外景观的使用性质、功能，所处的气候条件、自然环境和周围建筑环境以及本身的材料特点进行整体设计。运用色彩可以加强环境景观造型的表现力，丰富环境景观的空间形态并完善环境景观的造型。

图 1-2-26

图 1-2-27

思考题

1. 色彩的基本原理。

2. 色彩在专业设计中的作用。

3. 色彩在环境艺术设计中的运用。

图1-2-28

图 1-2-29

图1-3-1

第三节 钢笔画

钢笔画的含义是指以钢笔为工具绘制的画，有些绘制的线条与钢笔线条相似的画也可被称为钢笔画。钢笔画因携带方便、书写自如、笔触清新刚动，备受环艺设计工作者的喜爱。很多设计师把它作为表达意念的首要形式。近年来，一些设计院校的建筑规划和室内设计专业将钢笔画融入到设计初步和美术基础课中，有些美术院校甚至将其作为一门单独的基础课程来设置。通过对钢笔画的研究和探索，可以锻炼学生具备对建筑、景观、室内等的表现能力，提高他们的综合素养，为今后的设计工作奠定扎实的基础。

钢笔画写生是指画家在进行艺术创作活动时，以客观的景物为依据，以钢笔线条为媒介，进行描绘的一种绘画表现形式。建筑院校及环艺专业的学生在练习时，要注重表现建筑的形式美、结构美、材料美以及建筑与环境的依从关系，从而训练学生的造型能力、扎实的写实功底和对物体的塑造能力，以及对建筑的认知和理解能力。通过写生，可以积累更多的经验，有助于今后的表现图创作。

图1-3-2

一、整体立意构思

整体立意构思是造型艺术创作前必须遵循的基本
规律之一。整体立意构思就是要求设计者在作画前首
先对整个画面要有一个统筹的思考，养成"意在笔
先"的习惯，这也是对建筑写生的基本立意要求。同
样的作画对象因为着眼点的不同，在画面中所反映出
的内容和格调是有很大差异的。因此建筑写生开始
前，一定要仔细分析画面的构图关系、疏密关系、黑
白关系、主次关系，做到胸有成竹。

图1-3-3

图1-3-4

图1-3-5

二、整体地观察分析

整体地观察与分析是艺术获得具有趣味的视觉美感形象的一个重要前提。整体就是从建筑景物的全貌特征来认识对象、把握对象，只有看得整体，才能画得整体；只有看得出整体景物的形体与空间，才能画出景物的形体与空间。整体的另一个要求就是统筹处理画面中各种显现的关系。一般而言，一幅画面是由若干相关联的内部小景组成的。恰当地处理画面中各小景的关系，就能使画面组合成一个整体的景物形象，不过整体并不是简单的大体，它必须从景物的整体出发，具体、深入地分析、研究景物的各部形态，并在描绘中使各小景服从于整体，保持画面的整体效果。

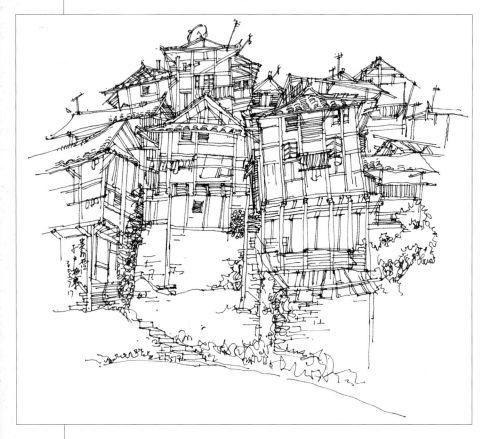

图1-3-6

三、整体把握、局部刻画

建筑环境风景的写生由于客观原因,在许多情况下只能画个"大意",关键是要抓住环境特色和主要气氛。因此在作画过程中首先用点的方式确定被画对象的大体布局,再根据构图要求画出大的轮廓,确定画面的透视比例和形体结构,特别是要确定建筑物的透视线和灭点。在大轮廓和透视基本准确的基础上,再力求准确地表现出被画对象的结构,为下一步的深入打下基础。最后进行局部刻画,对某些局部做准确生动的描绘,这是支撑画面整体说服力的关键。但局部刻画要服从整体,越是深入细致的刻画,就越是考验作画者对画面整体和局部的控制能力。因为钢笔画不宜修改,最忌讳犹豫不决,所有的局部形象几乎要一次完成,画错了不必涂擦,只需再画一笔正确的就可以了,每一笔都是所描绘对象的最终造型。因此,要始终注意控制画面的主次、取舍、虚实、黑白、节奏等关系,这样才能较好地把握整体关系,才能有序地刻画深入,才能使画面有统一而变化的整体效果。

图1-3-7

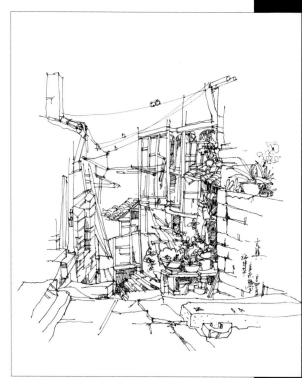

图1-3-8

思考题

1. 钢笔画的特点。

2. 钢笔画的作用。

3. 钢笔画的作画步骤及艺术处理手法。

图1-3-9

图 1-3-10

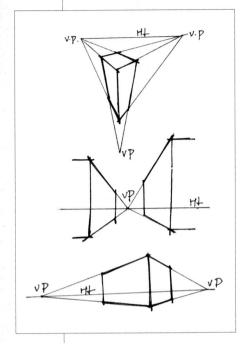

图1-4-1

第四节　透视基础

　　透视就是将三维空间效果在二维平面中表现出来。"近大远小"是空间透视的基本规律，是表现技法的基础，也是彩色透视效果图的造型轮廓和底稿。它所表达的图像是根据一整套完整的科学法则做出来的。因此，掌握基本的透视制图法则是画好表现图的基础。

　　室内外的设计表现图常用到以下几种透视表现法：

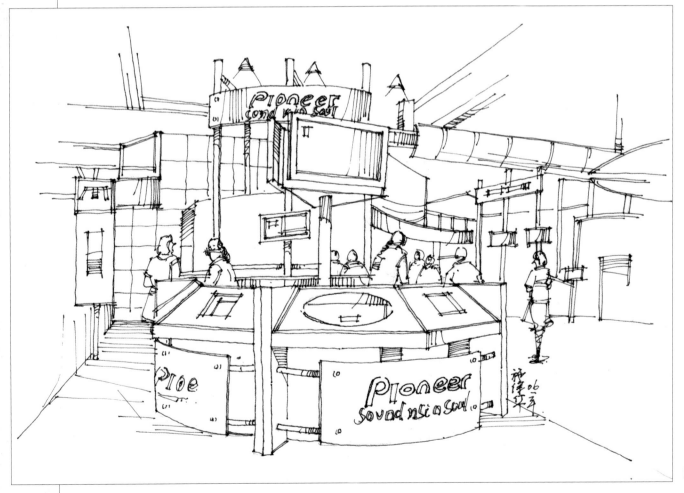

图1-4-2

一、一点透视

一点透视也称平行透视，是一种最基本、最常用的透视方法，其特点是在画面中只有一个消失点，表现范围广、画面平稳、纵深感强。通常一张平行透视图，能一览无遗地表现一个空间。

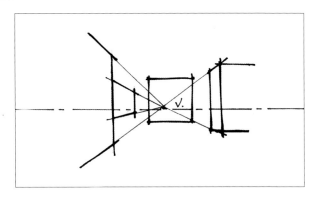

图1-4-3

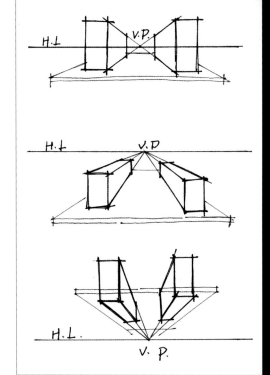

图1-4-4

图1-4-5

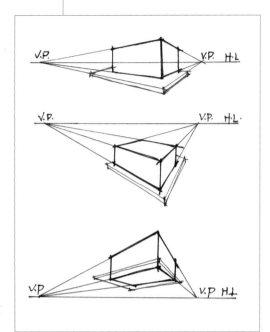

二、两点透视

两点透视也称余角透视，是一种有着较强表现力的透视形式，其特点是在画面中有左右两个消失点。两点透视形式其表现效果丰富、生动，反映的空间效果比较接近人的直观感受。

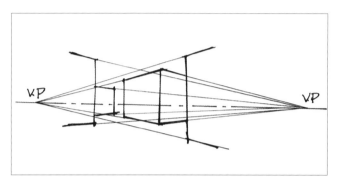

图1-4-6

图1-4-7

图1-4-8

三、三点透视

三点透视具有强烈的透视感，其特点是在画面中有三个消失点，适合建筑与室外环境的渲染与表现，空间感强，尤其对于大场景的表现是其他几类透视方法所不能比拟的。

四、轴测图

用平行投影法将物体投射在画面上所得到的一种富有立体感的图形称为轴测图。轴测图能够再现空间的真实尺度，反映功能性室内区域的分割，但不符合人的实际情况，严格地讲不属于透视的范围。

图 1-4-9

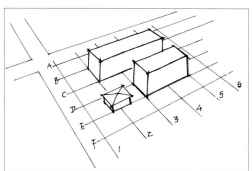

图 1-4-10

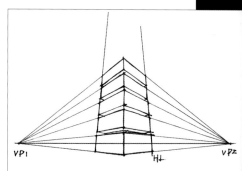

图 1-4-11

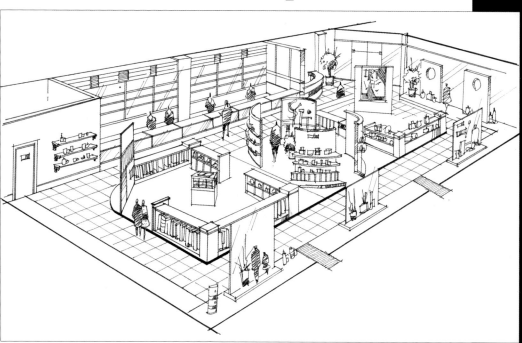

图 1-4-12

思考题

1．透视的基本概念。

2．透视所应遵循的基本原理。

3．透视的基本类型及其特点。

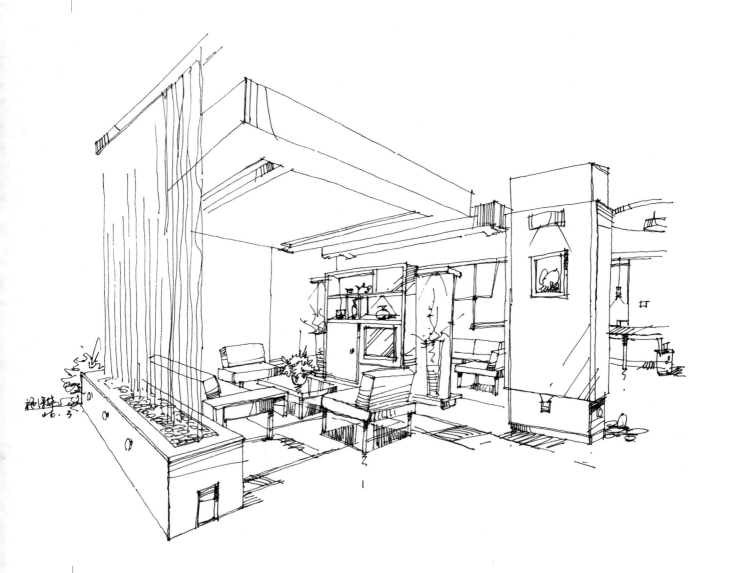

图1-4-13

图1-4-14

图1-4-15

第 **2** 章

THE SECOND CHAPTER

设计速写技法

DESIGNING SKETCHING TECHNIQUES

第二章 设计速写技法

　　速写是艺术家们用以迅速捕捉对象和收集创作素材的一种艺术形式，多从艺术表现与审美角度去追求这种表现形式。而对于从事环境艺术创作的设计师来讲，一般的速写方法很难满足他们职业的要求，他们要表达物象的空间关系、勾勒场所的内在结构、平面布局等等，他们要掌握的是一种技术含量较高的速写，即设计速写。

　　设计速写是一种以速写形式辅助树立正确的设计思想，开拓设计思维，对设计的功能、材料、结构和加工工艺有正确认识的速写。对设计者来说设计速写主要有资料收集、形态调整、连续记忆和形象表达四大功能。

图 2-1-1

第一节 设计速写训练的目的与意义

设计速写在许多时候更注重于设计对象的客观存在，强调面对问题，同时设法解决问题。很显然，设计速写需要对实际问题作出生动准确的解答。这便要求设计速写既要准确，又要清楚地传达出设计者的设计构想，并与他人沟通。优秀的设计速写作品，除了具有艺术速写的基本特征外，更侧重于设计对象自身所呈现的形态美、结构美、比例美与装饰美等等。

对于一个从事艺术设计的人而言，设计速写对其有着重要的意义。从设计的程序中我们可以体会到，设计速写始终贯穿于设计艺术的全过程。它不仅是设计者自己收集素材、积累经验、丰富知识、激发构想、审美训练的手段，同时也是与人交流、学习、分析、构想和表达设计意图的十分重要的图形语言。在很多时候，它可以说是设计师的图形思考日记。

图2-1-2

图2-1-3

图 2-2-1

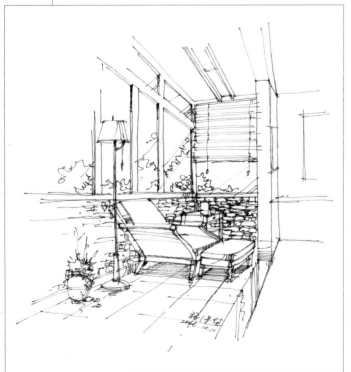

图 2-2-2

第二节 设计速写训练的特点

设计速写的能力是作为一名设计师必须具备的基本造型能力，它是设计者思维无障碍表达的一个重要环节和手段。通过设计速写训练，设计者将速写的造型能力逐步演变为敏锐观察、捕捉物象并将物象提炼、概括成为具有一定审美价值造型形式的能力，并最终实现设计者构想的图式化表达。

在设计速写的训练过程中，除了应注重学习传统的艺术性速写所要求的基本要素之外，更应强调作为设计视觉思维训练的独立特点：

1．设计速写训练是设计审美能力培养与训练的一个重要环节，它一方面可以将造型能力应用于设计表达之中，另一方面也可以通过速写训练提升设计表达的审美品质。

2．设计速写必须是富有分析性，具有想象力。它是一种方案多种可能的表现，利与弊的图形解说，而这种多样性的表达也是设计师想象力的休现。

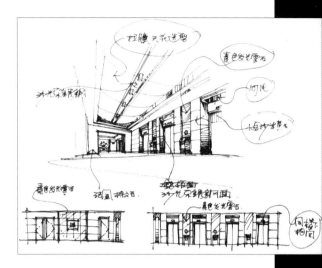

图 2-2-3

　　3.设计速写的另一特征是其设计语言在表达上的流畅性与明晰性。在这一类速写中往往记录着设计师对设计方案的探究、调整的过程和一些用文字加以辅助的图形表达

　　4.设计速写训练要求学生在速写中强调设计表达的中肯性。也就是说，表达在图纸上的设计内容有其实践意义。结构要合理，重点部位的构造大体要合乎构造逻辑等。

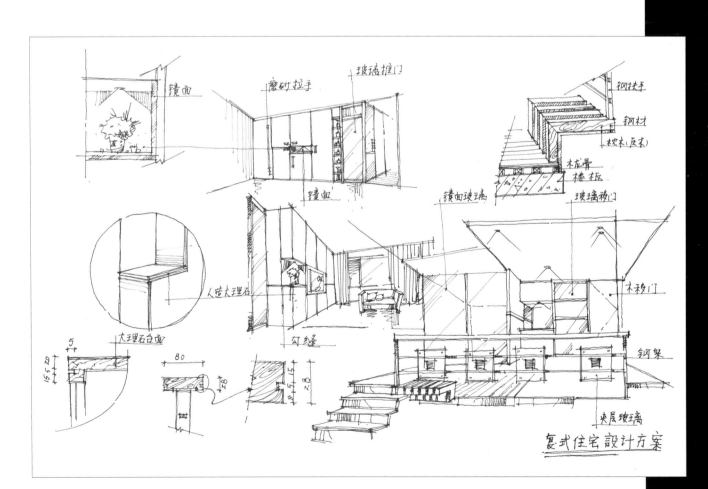

图 2-2-4

图 2-3-1

第三节 设计速写的表现

一、线条的表现力

线条是设计速写表现的灵魂，也是设计师必须掌握的基本视觉语言。线作为造型艺术中最基本的元素之一，看似简单，其实千变万化。线条变化包括线的快慢、虚实、轻重、曲直等关系。徒手把线条画得有美感、有气势、有生命力，并非易事，只有经过大量的练习，才能把线条的美感表现出来。开始可以从直线、竖线、斜线、曲线等基本线条练起，直到把线条画得有刚劲有力、刚柔结合、曲直并用的感觉为止。我们在教学中要求学生先学习画线，再画几何体，然后再画室内的一些陈设小品和室外的景观小品等，最后才是空间的组合练习。在空间中画形体基本凭感觉，而且要注意线的美感。有些初学者开始练习画线非常小心，就怕线画不直，徒手表现所要求的"直"，只是感觉大体上的"直"，平直有力就可以了，如果像用直尺画的那样机械、呆板，也就没有意义了。因为徒手表现也是一种艺术表现，他的每一种线条都各具不同的个性，每一个笔触都可以给

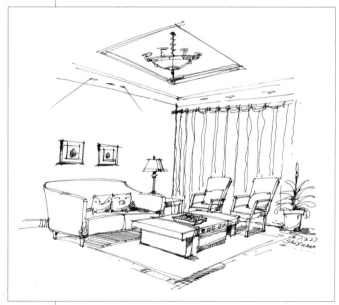

图 2-3-2

人以不同的心理感受。

■ 直线：要有起笔、运笔、收笔的过程，要有快慢、轻重的变化，线要画得刚劲有力，有"如锥画沙，入木三分"的感觉。（特点：清楚、明晰、简洁、整齐、端正。）

■ 斜线：刚劲、有张力。（特点：不稳定但有活泼、运动之感。）

■ 曲线：优美、浪漫。（特点：比直线有温暖、自由、幽雅、流畅的感觉，性格具有女性化特征，富有节奏感和韵律感。）

图 2-3-3

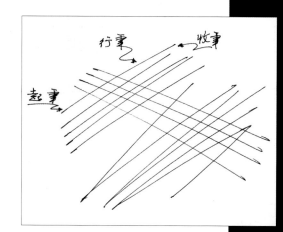

图 2-3-4

图 2-3-5

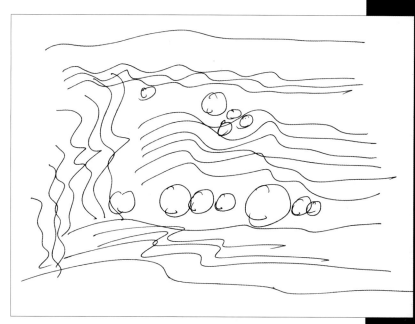

图 2-3-6

图2-3-7

二、室内陈设与空间的表现

1．室内陈设的表现

室内陈设是构成室内空间的重要因素，不同风格的陈设体现着不同风格的室内环境。室内陈设也是徒手表现中的一个重要环节，它们在手绘表现图中占了很大的分量，如：沙发、桌椅、字画、工艺品、灯饰、绿化等，应把这些基本的陈设物体画得十分的熟练。由于表现的需要，对于室内陈设品表现需要反复地练习，时时刻刻地去观察、去收集，积累成巨大的"素材库"。然后用线反复地临摹，直到可以记住，并且能够灵活、创造性地去表现。

图2-3-8

■　家具的表现

室内家具是构成室内空间的重要因素，不同风格的家具也体现着不同风格的室内环境。家具的种类繁多，大致可以分为：家居家具，如沙发、茶几、床、床头柜、餐桌椅等；办公家具，如办公桌椅、文件柜、电脑桌等；商业家具，如展示台、展示柜、洽谈桌椅等。不同的家具也有不同的样式变化，在刻画时要注意细节。

图2-3-9

图2-3-10

图2-3-11

■ 灯具的表现

室内灯具是构成室内光环境的主要工具，它不仅起到照明作用，还起到装饰室内的作用。根据灯具的作用不同，主要分为吊灯（室内的主光源）、射灯、壁灯、网线灯（室内的辅助光源）、落地灯、台灯（室内的学习光源）。不同风格的灯具搭配不同的室内环境，能营造出不同的室内气氛。

图2-3-12

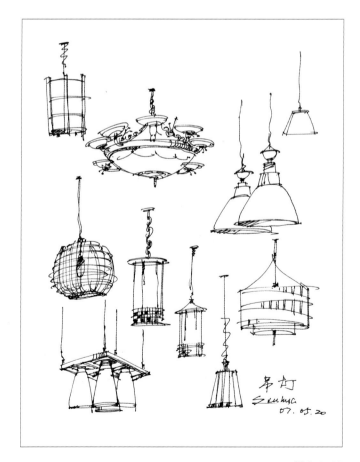

图2-3-13

■ 绿化的表现

室内绿化与装饰品是点缀室内环境、调节室内气氛的主要原素。绿化和装饰品的种类很多，放置的位置不同所起到的作用也大不一样，所以在刻画时要注重其各自的形态，尤其是外轮廓线要准确地表现其形态的变化。

图 2-3-14

图 2-3-15

图 2-3-16

2．室内构造空间的表现

室内空间的徒手表现是在脱离了以尺子为主要辅助工具的一种作图的方法。有时为了快速地表现场景，甚至于抛开了铅笔，直接用钢笔画线条，并且有客观存在的空间表现对象，这就要求设计师有十分敏锐的空间感悟能力，以及空间范围的控制能力。

图 2-3-17

■ 培养空间感

表现室内空间，要注意处理好地面、墙面和天花板之间的关系，因为这三者的界面关系会影响整个室内的空间感。还要熟练、灵活地运用一点透视、两点透视来表现空间。对室内空间的透视线要心中有数，落笔肯定，定好视平线。视平线最好低一点，离地平面 1.2 米左右。要画好空间效果，平时在生活中要用心观察，感悟空间的尺度关系，多画写生，反复练习。建议学生可以用直尺画几条长的透视线，因为这样画出来的空间效果明确、洒脱、自然，甚至有时还会出现神来之笔。

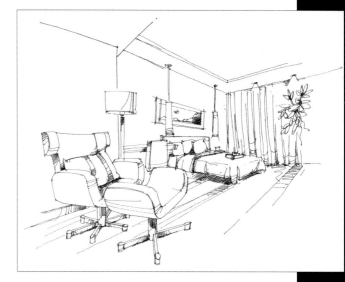

■ 陈设在空间中的表现

有了透视空间后，要把陈设画进去，首先要在地面上找到陈设所处的位置，特别要注意尺寸、透视关系。然后参照墙的高度来确定物体的高度，画陈设时要胸有成竹，落笔肯定。处理好线的虚实快慢的结合、前后的比例大小、线的疏密主次等关系。空间里的陈设表现要简洁概括，在立面空间中各形体、陈设用线要保持上松下紧，强调阴影、外轮廓线。始终要注意画面的整体感、空间关系，否则会杂乱无章。要使画面有美感、有整体效果，就要强调主题，就像写文章一样，要有中心思想，围绕中心思想去渲染。

下面我们列举一些陈设在空间里的表现技法：

图 2-3-18

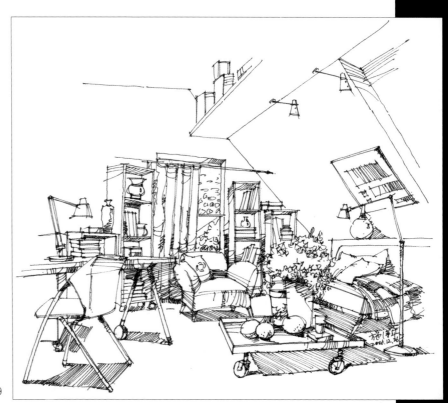

图 2-3-19

图 2-3-20

■ 整体空间表现步骤

步骤一：规划整体效果时，先从墙面的透视线开始，勾画出空间雏形后，再画出主要物体所在的地格。通常，绘画顺序是从整体到局部，从主要部分到次要部分。

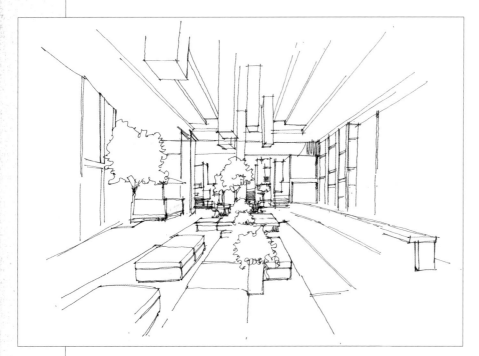

图 2-3-21

步骤二：空间场景大体效果出来之后，根据陈设的摆放，再添加一些附属的装饰品以丰富整体构图。

步骤三：纵观全局添加一些
必要的细部描述，把握整体画面
近实远虚的效果。

图 2-3-22

步骤四：调整整体空间，做出
必要的取舍或强化的处理，加强
画面的整体感。

图 2-3-23

三、室外景观小品与空间的表现

1.室外景观小品的表现

■　植物的表现

以植物为设计素材创造景观是园林景观设计所特有的一种手段，植物是园林景观设计四大要素之一，植物的表现是环境设计表现图中不可或缺的一部分。学习植物的表现可从临摹开始，在临摹中注重对植物形体的概括、质感的表现和体积的处理。

植物有乔木、灌木及草本三大类，乔木高大，灌木矮小，草本密集，各种植物都有各自的形态和特点。植物画得好坏直接关系到设计表达和画面效果的好坏。

图2-3-24

> 乔木

树木是室外景观表现中的主要内容，在景观表现图中起烘托气氛、丰富构图的作用。树的种类很多，形态也各异，但无论树形怎么变化，刻画时都要把握好对受光部分和背光部分的表现，先抓住轮廓画好大的动势，再刻画明暗关系，最后调整整体关系。可利用凹凸线弥补形体上的不足或暗部的细节，使画面更加生动，富有立体感。

图2-3-25

> 灌木

灌木作为低矮的树丛，在景观的表现中起到分割空间、丰富景观的作用。灌木在景观设计中一般以绿篱的形式出现，表现时应从它的体态形象着手。用自由弯曲的线勾勒暗部阴影部分的叶子，增加密度，再以少量的笔触画出受光部的缝隙。

图2-3-26

> 花草

花草是景观中的亮点，点睛之笔。表现花草须先了解花草的各种生长形态：直立形、丛生形、匍匐形、攀缘形等。在表现整片花草时，边缘线就是表现花草的厚度，对其整体处理可使画面统一谐调；若花草作为前景时，在边缘明暗交界处的花草就须细致刻画，让画面有精彩之处。一般花草都用自由、流畅的线条来表现。

图2-3-27

图 2-3-28

■ 山石和水景的表现

山石和水景是园林景观的重要组成部分。景观设计师常以山、石及水的结合设计来创造出简朴又极富变化的景观效果。

图 2-3-29

➤ 山石

山石以其独特的形状、色泽纹理和质感，成为构景的要素之一。在表现石块时，勾勒其轮廓，只要将石块的左、右、上三个部分表现出来，这样石块就有了立体感，这就是所谓的"石分三面"。要表现山石棱峥的质感，用笔时就要作适当的顿挫迟滞。

➤ 水景

水景是园林景观中另一重要元素之一。水景在园林景观设计中经常被运用，设计师利用水的特质、水的流动来表现空间，"水"在园林中隐现莫测、虚实相兼、曲折有情的表现，从而使其成为园林设计艺术中的重要媒体。表现水，就是表现水的特质。水是无形的，表现水的形就是表现水的载体、倒影及周边的环境。水纹的多与少就表现了水流的急与缓。

图 2-3-30

图 2-3-31

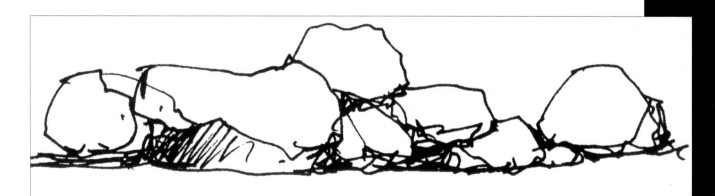

图 2-3-32

图 2-3-33

图 2-3-34

■ 人物表现

人物在景观表现图中是为了点景。人物的添加，能增强建筑物的尺度感，给画面增添活力，使人产生身临其境之感。人物的表现可根据画面的形式，以写实的或象征性的图形来描绘。

➤ 写实性人物

写实性人物，就是以形象逼真的方法来表现人物，主要出现在表现比较写实的设计表现图中。写实人物一般分为前景人物、中景人物。他们一般处在画面的较前方，处理时比较注重装饰性，表现也较具体。除了表现整个人物的动态外，还需配合情节适当地刻画面部表情。

图 2-3-35

➤ 象征性人物

象征性人物即"草图人物"，人物的形态可以放松随意，通常以程式化来表达。象征性人物作为程式化的人物表现，画出他们的姿态比描述精细更为重要，处理时要简洁、生动。象征性人物一般出现在设计草图或画面较远处，主要是为了表达空间的比例和延续，表现出大致的动态即可。

图 2-3-36

图 2-3-37

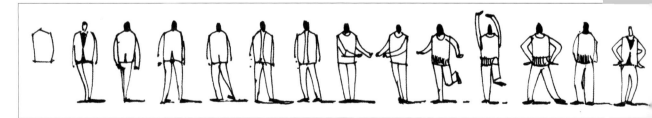

图 2-3-38

图 2-3-39

■ 景观建筑表现

➢ 主体建筑

主体建筑是作为园林景观的主体和焦点。在表现时不仅要考虑其的形态、尺度、风格要与园林主题及周边环境相协调，更要考虑在协调的基础上如何使建筑作为主体突显出来。同时也要注意建筑本身的体量感。

➢ 背景建筑

背景建筑在景观表现图中的出现是为了说明园林景观的特定环境空间，而建筑本身不是表现的主题，而是背景。在表现时应从画面的需要出发，围绕主题的需要，来决定建筑的取舍。一般背景建筑都以简洁、概括的形状出现。

图 2-3-40

2．室外景观空间的表现

■　整体空间的表现

景观空间的整体表现，在很大程度上就是景观设计师对园林中的植物、山石、水流、建筑的整体经营。设计师将精心布置的景物通过对画面的明暗、色彩、空间层次等处理来体现景观空间的整体效果。整体空间的表现必须具备以下几点：

➤　主题明确

主题是画面的重点，无论是线条、色彩还是细部刻画，都要围绕主题，突出主题。

➤　营造空间

空间的表现是为了营造一个更合乎人们的使用行为、心理行为和审美需求的环境。利用构图、结构、明暗和透视等绘画处理手法来表现空间的对比和节奏。

➤　注重形式美感

充分利用画面的点、线、面等的组合、对比、衬托等形式感的多样均衡与变化统一的设计手法，表现画面的整体美感。

图 2-3-41

图 2-3-42

■ 整体空间表现步骤

步骤一：经营构图。用简单的线条勾画所要表现的主要物体在画面中的位置。

图2-3-43

步骤二：初步造型。用各种线条画出物体的基本造型特征，并注意被表现对象的大致比例和透视关系。

图2-3-44

步骤三：深入刻画。深入表现对象的细部重要特征，并安排配景，营造气氛。

图 2-3-45

步骤四：细部渲染。画出物体的光影关系，强调暗部，刻画配景。

图 2-3-46

思考题

1.设计速写的概念。

2.设计速写与传统的绘画性速写的区别是什么？

作业内容及要求

1.用线条表现各种材料的质感，5张。

2.用线条表现各种室内陈设的形体与质感，5张。

3.用线条表现各种室外景观小品的形体与质感，5张。

4.用线条表现各种室内外空间，5张。

作业规格 A4，时间 14 课时。

图2-3-47

图 2-3-48

图 2-3-49

第3章
THE THIRD CHAPTER

麦克笔
技法

第三章 麦克笔技法

　　麦克笔是近些年在设计界较为流行的一种手绘表现图的新工具，它以其色彩艳丽、种类齐全、着色简便的独特魅力，受到广大设计师和业主的欢迎。麦克笔既可以帮助设计师绘制快速的设计草图，也可以深入细致地刻画表现力极为丰富的效果图。如果结合其他如彩色铅笔、水彩等工具一起使用，会形成色彩更为丰富的效果图。

图3-1

第一节 麦克笔技法工具介绍及其特性

图 3-1-1

一．工具的认识

　　首先我们要了解和熟悉手上的表现工具：钢笔、水笔、麦克笔、彩色铅笔、色粉笔等，只有熟练地掌握它们的性能，才能运用自如。

- ■　钢笔、水笔：作为徒手画勾线的主要工具，要求出水流畅、快速，运笔时不断线即可。

- ■　麦克笔：品种很多，颜色丰富，如灰色系列，（包括暖灰和冷灰）红、黄、蓝系列等。选购时可参考提供的色标号，60支左右就可满足一般作画的需求。

- ■　彩色铅笔：最好选购水溶性的。彩色铅笔能弥补麦克笔的不足，在后期统一画面的整体效果、表现色彩的过渡变化时使用。

- ■　色粉笔：一般用于大面积的渲染和过渡，如用于对地面、天花板、灯光效果等处理。

图 3-1-2

图 3-1-3　　　　　　　　　　　　　　　　　　　　　图 3-1-4

■ 水彩：水彩具有麦克笔的特点（即色泽艳丽、透明度好、可与水相溶），所以常被混合使用。水彩可以弥补麦克笔在表现大面积、柔软材质、色彩渐变、湿画法等方面的不足。

■ 涂改笔：画面后期提线，主要用于对"高光"、"灯光"和大理石、玻璃等的反光的处理，起到点睛的作用。

■ 纸张：复印纸（最好是80克厚度）、彩色打印纸、素描纸、硫酸纸、色卡纸等。

■ 透明直尺：徒手绘制一些较长的线条时，易扭曲、无力。借助透明直尺，不但可以使线条挺直、均匀，而且亦可观察画面，有助于作图。

图3-1-5

韩国油性麦克笔

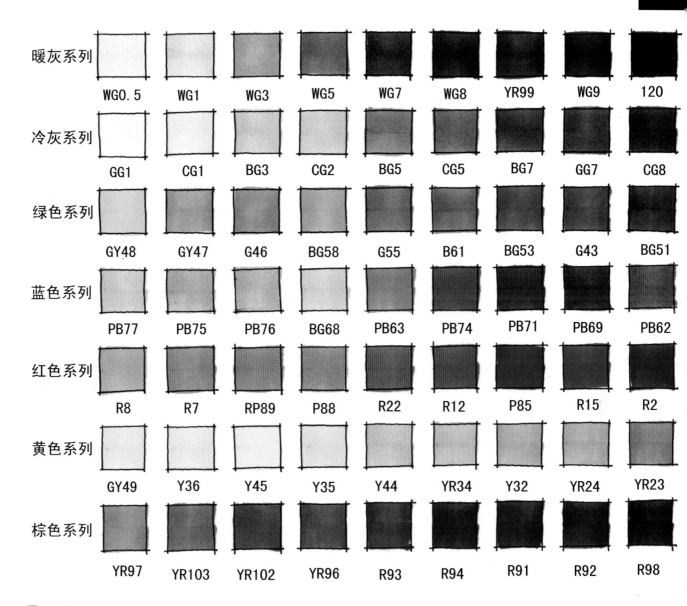

暖灰系列	WG0.5	WG1	WG3	WG5	WG7	WG8	YR99	WG9	120
冷灰系列	GG1	CG1	BG3	CG2	BG5	CG5	BG7	GG7	CG8
绿色系列	GY48	GY47	G46	BG58	G55	B61	BG53	G43	BG51
蓝色系列	PB77	PB75	PB76	BG68	PB63	PB74	PB71	PB69	PB62
红色系列	R8	R7	RP89	P88	R22	R12	P85	R15	R2
黄色系列	GY49	Y36	Y45	Y35	Y44	YR34	Y32	YR24	YR23
棕色系列	YR97	YR103	YR102	YR96	R93	R94	R91	R92	R98

图3-1-6

　　韩国"Touch"麦克笔全套120色。建议不用全部购买，只需挑选一些冷灰色系列、暖灰系列和常用的一些颜色，以上色标可作参考。

　　韩国产的"Touch"双头麦克笔，其特点是有粗细两头，使用起来笔触分明、肯定，色彩透明，干后色彩稳定，不易变色，被广大环艺设计工作者所选用。

二、麦克笔技法的特点

麦克笔是英文"MARKER"的音译，意为记号。麦克笔分油性、水性两种，具有快干、不需用水调和、着色简便、绘制速度快的特点。类似于草图和速写的画法，形成一种豪放的风格，是一种商业化的快速表现技法。麦克笔色彩透明，主要通过各种笔触的色彩叠加来取得更加丰富的色彩变化。麦克笔绘出的色彩不易修改，着色过程中需注意着色的顺序，一般是先浅后深，但色彩叠加、涂改不易过多，否则会导致画面色彩浑浊、肮脏。

麦克笔的笔头是用毡制的，笔头较粗，附着力强，具有独特的笔触效果，绘制时要尽量利用这种笔触特点。麦克笔的色彩对吸水与不吸水的纸会产生不同的效果。不吸水的光面纸，颜色相互渗透，感觉五彩斑斓；吸水的毛面纸，色彩沉稳发乌，使用者可根据不同的需要选用。

图3-1-7

第二节 麦克笔技法训练过程

麦克笔技法的训练要循序渐进,首先要了解色彩的叠加、笔触的排列、线条的运用,从而了解熟悉笔的特性,掌握运笔的方法。然后再对单体家具、陈设及植物进行表现,逐渐过渡到临摹照片,对图片的色彩、质感、光线进行归纳与总结,变被动的临摹为主动的练习。基本掌握了笔触与结构、形体及空间的结合技法后,最后进行室内外大环境的麦克笔表现的创作。

图 3-2-1

图 3-2-2

一、色彩的混合叠加

一套完整的麦克笔按其色系进行分类，大致可分为灰色系列、蓝色系列、绿色系列、黄色系列、棕色系列、红色系列、紫色系列。将色彩进行归类后，有利于在作画时更好地寻找颜色。

麦克笔的颜色种类虽多，但还是难以满足色彩丰富的画面。绘图时可将麦克笔的颜色进行叠加和混合，以达到更多的色彩效果。麦克笔两色的相互混合和叠加，因其先后顺序及干湿程度不同，产生的效果也随之改变，同时，其效果还和使用的纸张有直接的关系。只有熟悉各种方法和材料性能，才能更好地使用麦克笔进行创作。

图 3-2-3

■ 单色重叠：同一色麦克笔重复涂绘的次数越多，颜色就越深。但过多的叠加，不仅会损伤纸面，而且色彩也会变得灰暗和浑浊。

■ 多色重叠：多种颜色相互重叠时，可产生另一种不同的色彩，会增加画面的层次感和色彩变化。但颜色种类不易重叠过多，否则会导致色彩沉闷呆滞。

■ 同色系渐变：麦克笔色可分为数个色系，而各色系中麦克笔色都有渐变。有时为了使描绘的主题更真实而细腻，须对物体的明暗进行渐变渲染。渲染时，在两色的交界处可交替重复涂绘，以达到自然融合。

■ 色彩渐变：麦克笔画中，经常会碰到不同色系中的色彩渐变的效果。在涂绘渐变之前，先选择适当的色彩进行搭配，以避免色彩之间的不协调。渲染时，可选择色彩渐变的湿画法，也可采用两色间笔触相互穿插的干画法，以达到自然过渡的效果。

图3-2-4

图3-2-5

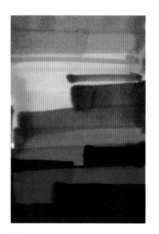

图3-2-6

图3-2-7

图3-2-8

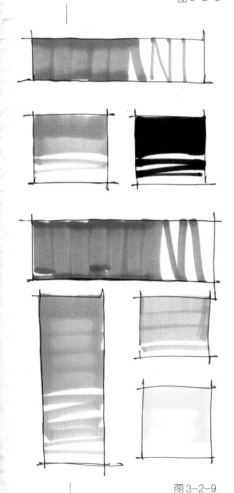

图3-2-9

二、线条与笔触

一幅优秀的麦克笔表现图,需要由准确的透视、严谨的结构、和谐的色彩、豪放的笔法所组成,缺一不可。而麦克笔笔触的排列与组合,是学习麦克笔画首要解决的问题。麦克笔常因色彩艳丽、线条生硬使初学者无从下笔,或下笔后笔触扭动、混乱、不到位,导致形体结构松散、色彩脏腻。麦克笔有各种粗细不等的笔头,加之下笔时受力的轻重变化,都会绘出不同效果的线条,初学者,没有经验,很难表达出自己所需的线条效果。笔法的熟练运用及对线条的合理利用和安排,将对初学者用麦克笔表现画面起到事半功倍的效果。

图3-2-10

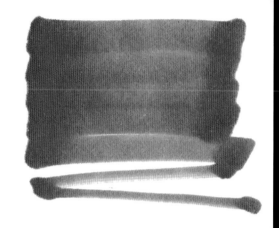

■ 徒手可以绘出轻松的、变化丰富的线条，借助直尺可以绘出粗细均匀且挺直的线条。

麦克笔表现图中根据线条排列的作用有以下几种：

➤ 笔触横向排列

常用于表现地面、顶面等水平面的进深感。也是表现物体竖形立面的常用方法。

图 3-2-11

图 3-2-13 　　　　　　　　　　图 3-2-12

图 3-2-14

图 3-2-15

> 笔触竖向排列

常用于表现木材地板、石材地面及玻璃台面等水平面的反光、倒影。也可用作表现物体横形立面及墙面的纵深感。

图3-2-16

图3-2-17　　　　　　图3-2-18

图3 -2-19

➢ 笔触为循环重叠

常用于表现物体在光滑地面和水面
中呈现出来的倒影。通常笔触的排摆具
有一定的动感和序列感。

图 3-2-20

图 3-2-22　　　　　　　　　　　　图 3-2-21

图 3-2-23

图 3- 2-24

> 笔触为斜线形

常用于表现透视结构明显的平面，如木地板、扣板吊顶等，笔触的排摆应与物体的透视方向保持一致。也可表现墙面等竖立面的光感，或结合其他方向的笔触一同使用，使画面显得更加生动。

图 3- 2-25

图 3- 2-26

图3- 2-27

➢ 笔触为弧线形

常用于表现圆弧形物体的形体及其体量感，或用以丰富画面笔法。

在绘制麦克笔表现图的过程中，经常会碰到涂绘大面积的色彩。为了能绘出一块均匀或渐变的颜色，需尽量快速地运笔，一笔未干，下一笔马上跟上，而且手笔移动的速度要保持不变。

图3-2-28

图3-2-30

图3-2-29

图3-2-31

图 3- 2-32

三、形体和质感的表现

■ 形体的表现

形体是指物体的外部形状。在用麦克笔表现物体的形体时，首先要了解物体的结构，下笔要随形体的结构进行塑造，才能够充分表现出物体的形体感；其次，用色要概括，不能杂乱，要有整体上色概念；最后，要注意形体黑、白、灰的素描关系。这样才能够在短时间内表现出物体的形体特征。

图 3- 2-33

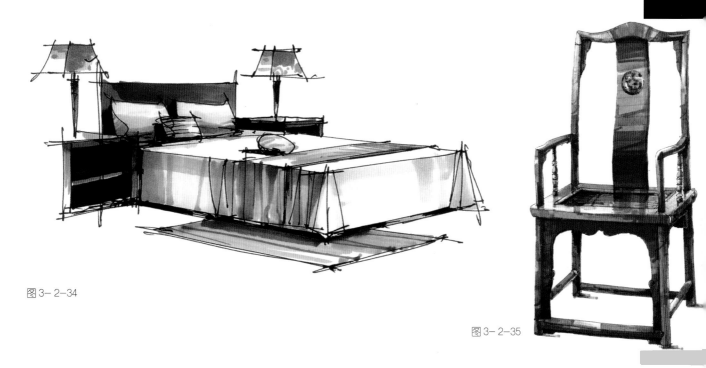

图 3- 2—34

图 3- 2—35

图 3- 2—36

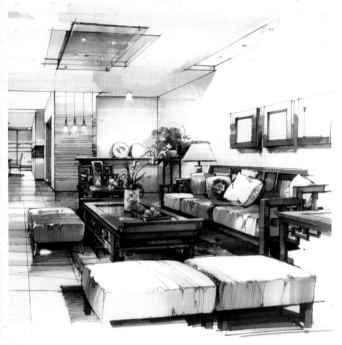

图 3- 2-37

■ 质感的表现

质感是指物体材料的质地，是材料的外部特征。在进行表现图绘制时我们不仅需要表现不同物体的形体，还要表现不同物体的质感，有粗糙的木材、石材，也有透明的塑料、玻璃，更有反光极强的金属，不同的材料具有不同的表面肌理。所以在表现物体材质时应注意麦克笔的用笔方向，应该和材质的纹理保持一致。在表现材质时我们还可以把麦克笔和水溶彩色铅笔结合起来用，以麦克笔为主，适当加以彩色铅笔过渡，会达到更好的效果。

➢ 木材的表现

在室内装饰陈设中，木材的使用最为广泛，因为木材本身容易加工，又易出效果，特别是当人靠近时有一种亲切感。木材由于纹理细腻，又可以漆成各种颜色，呈现出的色泽光亮、鲜艳。我们在作画时，先用麦克笔依照木材的本色涂底，再用彩色铅笔辅助表现其纹理，形成逼真的质感效果。

图 3- 2-38

> 石材的表现

在商业空间、办公大厦、医院、宾馆等公共场所中，石材被广泛运用。在表现这种质地坚硬、光滑透亮的材料时，应先留出高光和反光部位，同时还要考虑到对倒影的表现，以竖的笔触表现倒影为佳，近处的倒影对比强烈，远处的倒影就较弱。还有在色彩冷暖上也应有相应的变化，这样表现出来的石材才有逼真的效果。

图3-2-39

图3-2-40

图3-2-41

> 金属、玻璃材料的表现

金属和玻璃有着共同的特点，质地坚硬、有光泽，而且色彩反差极大，尤其是高光部位特别亮，能呈现出周边的倒影。在表现时要采用麦克笔的干画法，用笔有力、肯定，色彩明度对比明显，这样才能表现出其冰冷、生硬、反光强烈的质感。

图3-2-42

> 皮革、织布制品的表现

皮革和织布制品在室内陈设中出现的频率较大，这些材料表面柔和，而且富有弹性。在表现时应采用麦克笔的湿画法来增强这种质感。

图3- 2-43

图3- 2-44

图3-2-45

四、临摹的写实手法

经过材质表现和单体小品的表现练习后，现在应该进入到实景照片的临摹阶段。在这个阶段的练习中主要是通过临摹实景照片进行室内外的小空间及小场景的表现，同时对其进行归纳和提炼。在上色时亦可选择其他类似的表现图来做参考，借鉴和学习别人的色彩、笔触及表现手法。让画面掺入更多的主观意识，使作品具有一定的创造力，有意识地使自己从临摹中过渡到设计创作中。

以下是对实景照片的临摹步骤进行详细说明：

步骤一：选择一张明暗关系明确、空间界面清晰、物体结构明确的实景照片。根据照片绘制线稿，要做到透视基本准确，室内结构清晰，同时线条要流畅，适当加以明暗处理，以初步表现光影的变化及陈设的质感。在临摹过程中，要始终保持画面的整洁。

图3-2-46

步骤二：着色前，要仔细分析，确定整体色调、做到胸中有数才能落笔。首先从室内的整体色调着手，利用麦克笔的宽笔触由浅至深色画出地板大色块。地板的黄色块决定着整个画面的暖色基调。

图3-2-47

步骤三：对室内的一些主要陈设及空间界面进行着色。着色时要注重室内大的明暗变化，暗面的处理要有层次，要透气，处在暗部的色彩一般偏暖色。

图3-2-48

步骤四：最后处理一些小细节及对画面的
整体调整。对前景红色的格子织毯，要进行深
入刻画，表现出其柔软、厚重的质感；对右侧
的窗帘和果盆则可以虚化，点到为止。

图3- 2-49

图3- 2-50

作品范例

客厅表现 2X4
啰.9.日

会客厅表现
2007年10月·SXH.

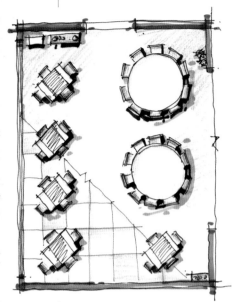

图 3-2-51

五、室内环境的表现

室内环境的设计其表现技法要有自己的特点，一般室内面积适中，注意空间表现要有一定的错落变化；色彩要柔和，给人一种亲近感。

以下是对室内环境表现步骤进行详细说明：

步骤一：在对设计方案进行手绘表现前，应先准备好平面图，理解其设计创意并根据空间特点、设计重点选择好合适且易表现的透视角度。开始可先画一些小草图，做到心中有数，然后用徒手勾线的方法绘制钢笔稿。这一步要做到透视基本准确，室内结构清晰，同时线条要流畅，适当加以明暗处理，为下一步上色做好准备。

图 3-2-52

步骤二：着色前，要仔细分析，确定整体色调，做到胸中有数才能落笔。首先从室内的整体色调着手，利用麦克笔的宽笔触由浅至深色画出餐椅和墙面饰面板的色彩，因为这是整个餐厅的主色调。利用同一色系的棕褐色进行叠加，通过明暗、虚实来塑造空间距离。

图3-2-53

步骤三：对室内的一些主要陈设及空间界面进行着色，并对一些重点部位进行深入刻画。在刻画时可以采用水溶性彩色铅笔与麦克笔结合的画法，这样可以柔和画面调子，增加生动效果。在刻画时要特别注意对暗部的处理，暗部色彩应偏暖且不宜过多地着色，要有一定的透气性，有些甚至可以留白。

图3-2-54

步骤四：最后处理一些小细节及对画面的整体调整。对前景的餐椅和餐具，进行深入刻画，表现其柔软、厚重的质感；而对左侧的窗和餐椅可以虚化，点到为止，使整个画面有虚实变化。

图 3- 2-55

图 3- 2-56

作品范例

某酒店酒吧
舒晓与9.5×H

酒店大堂表现
2000年5月
孙明

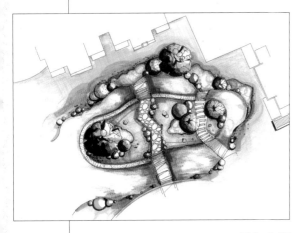

图 3- 2-57

图 3- 2-58

六、室外环境的表现

室外环境表现,一般要表现出室外场景在阳光照耀下绚丽明媚的效果。设计师所要表现和控制整体空间场景,画稿应该是有强烈的明暗对比、鲜明响亮的色彩关系,使观赏者感觉心情愉快、舒畅。

以下是对室外环境表现步骤进行详细说明:

步骤一:在对设计方案进行手绘表现前,应先准备好平面图,理解其设计创意并根据室外环境的特点、设计重点选择好适宜且易表现的透视角度。开始可先画一些小草图,以便做到心中有数,然后用徒手勾线的方法绘制钢笔稿。这一步要做到透视基本准确,设计的重点突出,同时线条要流畅,适当加以明暗处理,为下一步上色做好准备。

图 3- 2-59

步骤二：开始上色前要确定整个画面的基本色调，先用浅绿色的麦克笔画出大面积草坪的色彩。涂色时要注意用笔均匀，切勿反复叠加，以免画面色块浑浊、灰暗。

图 3-2-60

步骤三：然后开始对画面中占大面积的色彩进行表现，如树木的绿色，笔触以简洁概括为宜，不用过多地考虑细部。但在色调上要区分出植物的近、中、远的关系。

图 3-2-61

步骤四：进行一些细节的处理。运用色彩的冷暖关系，渲染物体的立体效果，强调运笔的笔触，颜色不要画得太满。在画面统一大色调的基础上，可适当地对一些有特色的细部进行刻画，如对人物、花卉、水景等进行刻画。

图3-2-62

步骤五：最后对画面进行整体调整。调整画面的明暗对比并添加背景天空的色彩。调整植物、建筑物及环境的色彩关系，加强近、中、远空间的层次。

图 3-2-63

图 3-2-64

菜园入口
表现之政里
S.X.H

杭州西湖
SXH 05.9.14.

思考题

1.麦克笔表现的特点。

2.麦克笔表现在环境艺术设计中的作用。

作业内容及要求

1.用麦克笔表现各种形体与质感，10张。

2.用麦克笔对室内一角的实景图片进行表现，5张。

3.结合设计用麦克笔对室内环境进行表现，5张。

4.结合设计用麦克笔对室外环境进行表现，5张。

作业规格A4，时间28课时。

图3-2-65

图 3-2-66

图 3-2-67

第4章
THE FOURTH CHAPTER

彩色铅笔技法

COLORED PENCIL TECHNIQUES

第四章 彩色铅笔技法

铅笔技法是透视效果图表现技法中历史最长久的一种，因为这种技法所用的工具容易得到，技法本身也易掌握，且绘制速度快，空间关系也能表现得比较充分，所以一直被设计师使用。

黑白铅笔画的图面效果典雅，尽管没有色彩，但仍为不少人偏爱。而彩色铅笔画的色彩层次细腻，有丰富的空间轮廓。因此，彩色铅笔更是设计师常用的表现工具之一。

图4—1

第一节 彩色铅笔技法的工具

图 4-1-1

■ 笔：水溶性彩色铅笔（36色或48色）、色粉笔、铅笔、

　　针管笔、钢笔、水笔、尼龙笔（方头、尖头）。

■ 纸：复印纸（最好是80克厚度）、绘图纸、硫酸纸、水

　　彩纸、白卡纸、黑卡纸、色卡纸等。

■ 尺：直尺、三角尺、曲线尺、界尺。

■ 颜料：块装水彩、管装水彩。

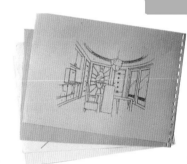

图 4-1-2

图 4-1-3

第二节 彩色铅笔技法的特点

图4-2-1

彩色铅笔具有使用简单方便、色彩稳定、容易控制等优点，常常被用来画设计草图，平面、立面的彩色示意图和一些初步的设计方案图。彩色铅笔的不足之处是色彩不够紧密，不易画浓重色彩和进行大面积涂色。当然，如果运用得得当，设计表现图会有别样的韵味。

我们在设计过程当中，尽量选择使用进口的水溶性彩色铅笔，其色彩层次细腻，易于表现丰富的空间轮廓，且可以结合水的渲染，画出一些特殊的效果。纸张不易选择太光滑的，一般选择铅画纸、水彩纸等不光滑的且有一些表面纹理的纸张作画比较好。不同的纸张亦可创造出不同的艺术效果，在实际的操作中不断积累经验，这样就可以做到随心所欲，得心应手了。

使用彩色铅笔作画的方法同普通素描铅笔一样，易于掌握。它的色块也是用密排的彩色铅笔线画出，利用色块的重叠，可产生更丰富的色彩。也可以用笔的侧锋在纸面平涂，涂出的色块是由有规律排列的色点组成，不仅速度快，还有一种特殊的类似印刷的效果。

第三节 彩色铅笔技法范例

图 4-3-1

图 4-3-2

思考题

1.彩色铅笔技法的特点。

2.彩色铅笔在设计表现中的方法。

作业内容及要求

1.结合设计用彩色铅笔方式进行表现，1张。

作业规格A4，时间4课时。

图4-3-3

图4-3-4

图4-3-5

第5章
THE FIFTH CHAPTER

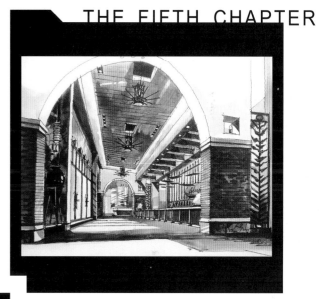

水彩技法

WATERCOLOR TECHNIQUES

第五章 水彩技法

　　水彩是一种以水为媒介，调和专门的水彩颜料进行艺术创作的绘画。水彩具有明快、湿润、水色交融的独特艺术魅力，有着别的画种所无法比拟的奇妙效果。它可以在较短的时间内通过简便、实用的绘图方法和绘图工具达到最佳的预想效果。

　　当前我们无论是在对外的工程设计上，还是在工程投标中，都需要掌握一种快速的、效果好且又能表现一定篇幅表现图的表现技法，以争取在有限的时间内取得方案优选的主动权。水彩表现技法正好符合这些要求，因而深受广大设计师的欢迎。

图5-1

第一节 水彩技法的工具

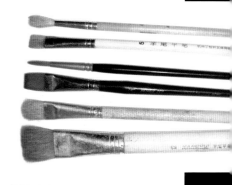

图 5-1-1

- 笔：水彩笔（方头、尖头）、中国画笔（叶筋、大、中、小白云）、底纹笔（羊毛、鬃毛）、铅笔、针管笔、钢笔、水笔。

- 纸：水彩纸（粗纹、中纹、细纹）、素描纸、复印纸（最好是 80 克厚度）。

- 尺：直尺、界尺、三角尺、曲线尺。

- 颜料：块装水彩、管装水彩、部分水粉颜料（其覆盖力强，可用作修改）。

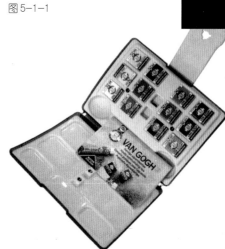

图 5-1-2

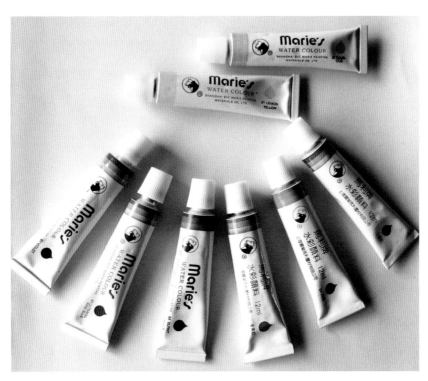

图 5-1-3

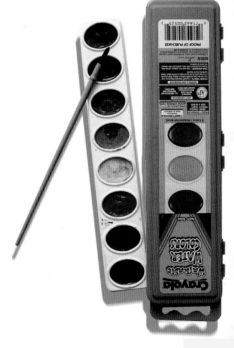

图 5-1-4

第二节　　水彩技法的特点

图5-2-1

　　水彩色彩淡雅，层次分明，结构表现清晰，适合表现结构变化丰富的空间环境。但水彩颜料的渗透力强，覆盖性弱，所以在作画过程中叠加次数不宜过多，一般两遍，最多三遍。颜料调和时尽量不要混入太多的种类，否则画面会显得"脏"。水彩渲染技法有平涂、叠加、退晕等。水彩着色由浅至深，由淡至浓逐渐加重，分层次一遍遍叠加渲染。作画时要注意高光留白，以用水的多少来控制颜色的浓淡。

　　我们在作画时，应选用吸水性强的且具有表面肌理的专业水彩纸，这样的画纸不易变形，而且能保持画面的效果。

图5-2-2

第三节　　　水彩技法范例

图 5-3-1

图 5-3-2

图 5-3-3

思考题

1.水彩表现技法的特点。

2.水彩在设计表现中的方法。

作业内容及要求

1.结合设计用水彩方式进行表现, 1 张。

作业规格 A4, 时间 4 课时。

图5-3-4

图5-3-5

第6章
THE SIXTH CHAPTER

综合表
现技法

COMPREHENSIVE REPRESENTATION SKILLS

第六章 综合表现技法

　　综合表现技法，就是把目前比较实用且容易出效果的几种表现技法综合起来使用，如把麦克笔、彩色铅笔、水彩等表现技法综合运用。一张效果好的手绘表现图如果要色彩逼真，表现到位，一般都是几种工具配合使用，充分利用各种颜料的性能和优势加上各种表现技法的运用，相互取长补短，使得画面效果更加丰

图6—1

富、完善。

第一节　综合表现技法的工具

- 笔：麦克笔、彩色铅笔、水彩笔（方头、尖头）、中

  国画笔（叶筋，大、中、小白云）、底纹笔（羊毛、

  鬃毛）、铅笔、针管笔、钢笔、水笔。

- 纸：水彩纸（粗纹、中纹、细纹）、绘图纸、　复印

  纸（最好是 80 克厚度）。

- 尺：直尺、界尺、三角尺、曲线尺。

- 颜料：块装水彩、管装水彩、部分水粉颜料（其覆

图 6-1-1

图 6-1-2

图 6-1-3

盖力强，可用作修改）。

图6-2-1

第二节 综合表现技法的特点

综合表现技法是建立在对各种表现技法的深入了解和熟练掌握的基础上，根据画面内容、效果以及个人的喜好来灵活地结合使用各种表现技法。一般采用以麦克笔为主，彩色铅笔和水彩为辅的综合表现技法。这种表现形式同时具有设计速写技法的快捷，水彩技法的透明、轻盈，彩色铅笔技法的细腻和麦克笔所具有的干脆、明快、个性鲜明等特点。所以这种表现技法非常实用、方便快捷，而且很容易出效果，是现代设计师常用的方法之一。

第三节 综合表现技法范例

图6-3-1

思考题

1.综合表现技法的概念。

2.综合表现技法的特点。

作业内容及要求

1.结合设计用麦克笔和彩色铅笔结合的方式进行表现，1张。

2.结合设计用麦克笔和水彩结合的方式进行表现，1张。

作业规格A4，时间6课时。

图6-3-2

图6-3-3

第7章

THE SEVENTH CHAPTER

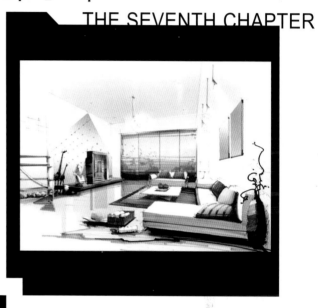

特殊表

现技法

SPECIAL REPRESENTATION SKILLS

第七章 特殊表现技法

现代商业设计要求设计师必须掌握面对客户随时都能快速表达创意的能力。对于设计表现图的要求不仅需要充分表现预想的真实性，同时还要求具有强烈的视觉冲击力、感染力和时代感，以获得客户的认可。

特殊表现技法是在一般手绘表现图的基础上，运用现代电脑技术进行后期制作，以达到两者优势互补的效果。这是一种快速、新颖，且具有很强表现力和现代感的效果图表现技法。

图7-1

第一节 特殊表现技法的特点

特殊表现技法的构想就是先确定设计方案，快速用手绘线稿将空间表现出来，再将空间表现线稿进行扫描输入电脑，然后利用电脑软件进行二次加工，使之既能保持手绘线条的魅力，又能更为准确地反映设计意图，以达到将传统手绘和现代科技相结合的特殊效果。该技法较之其他技法的最大优势在于后期电脑制作时可反复修改，并能渲染出空间的不同色调，这也是该技法的最大特点。

图7-1-1

第二节 特殊表现技法及范例

一、特殊表现技法

电脑辅助表现手法很多，使用灵活。它的技法训练要素是：

1.设计速写的表现

特殊表现技法的基础是手绘线稿，线条在表现中显得尤为重要，它不但决定了画面的构图、透视以及空间层次关系，而且还决定了表现图是否具有较高的艺术水准。设计速写是提高线条表现力，以及培养我们掌握画面结构和疏密关系的有效手段。

图7-2-1

2.电脑辅助设计基础

在完成了设计线描稿时，也就是设计构思成熟之时，这时我们可将完成的设计线描稿扫描输入电脑，利用电脑程序，完成最终的表现图绘制。一般来讲，在这个过程中应用到的主要有Adobe Photoshop、Painter、Adobe IIIustrator、Coreldraw等平面二维设计软件。Adobe Photoshop功能很多，能够轻易地处理各种图像效果，可利用它进行色彩及材料的填充，还可模仿光照效果。我们可以在同一张设计线描稿上进行不同的色调效果实验，为设计提供多种可能性。这个软件对处理材质质感能达到以假乱真的效果，能使表现图更具客观性和说服力。Painter可以模拟各种笔触，丰富表现图的视觉效果。Adobe IIIustrator和Coreldraw的优势在于处理一些相对单纯的图形和文字等。

图7-2-2

图7-2-3

二、特殊表现的绘图步骤

步骤一：绘制室内透视线描稿

首先选择合理的视点和视角,确定采用一点透视还是两点透视，以便详尽地、更好地表现室内空间的设计要点。处理好地面、墙面和天花板之间的关系,这三者的界面关系会影响到整个室内的空间感。绘制时一定要保持线条的干净利落,方便后期运用电脑软件填充色彩和添加材质。始终注意画面的整体效果，突出设计创意的主题。

图7-2-4

步骤二：扫描并处理线描稿

绘制好的线描稿一定要保持画面的干净整洁。利用扫描仪或数码相机将线稿输入电脑后,对线稿进行处理,可利用 Adobe Photoshop 软件调整画面的色阶和对比度,除去线稿上的灰色部分,使画面只有黑白二色。另外,也可对室内的透视和线稿不完善的地方进行修改。

步骤三：后期电脑处理

在对手绘线描稿进行了修正之后,就可以填充色彩及材质。在这个过程中可按色块由大到小、由深到浅、由主到次的顺序进行填色。室内设计色彩效果表现通常为室内背光面的色彩艳度和明度偏低,色调偏冷；受光面色彩明确,艳度、明度较高。材质效果的添加使画面更具真实客观性,在表现材质的自然纹理时要考虑使其符合整个室内空间的整体透视关系,可用 Adobe Photoshop 中的变化工具拉伸并调整,以符合画面的场景要求。

图7-2-5

思考题

1.特殊表现的概念。

2.特殊表现的特点。

作业内容及要求

1.结合设计运用手绘与电脑结合的表现技法进行创作，2张。

作业规格A4，时间14课时。

图7-2-6

图7-2-7

图7-2-8

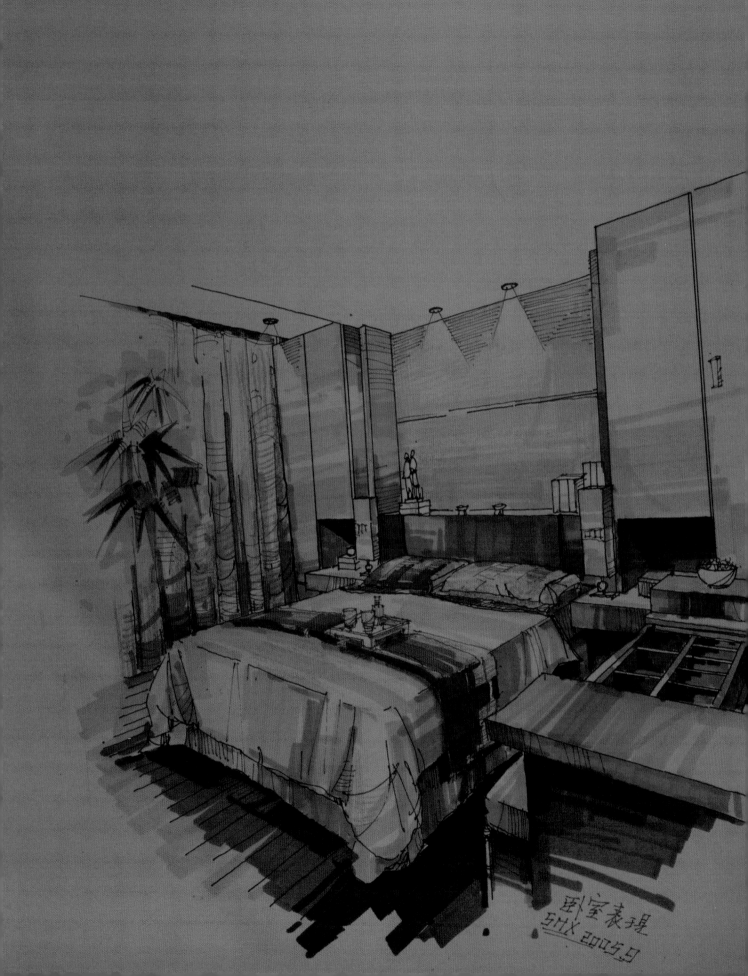

卧室表现
SMX 2005.9

第**8**章

THE EIGHTH CHAPTER

案例示范
与解析

CASE DEMONSTRATION AND ANALYSIS

第八章 案例示范与解析

第一节 室内环境设计与表现

　　室内设计是一个较为复杂的过程,它要受到诸方面要素的制约和影响。因此,我们在进行设计之前,必须对设计对方的各要素进行分析、推断、归纳、整合,使之成为具有使用功能和审美功能的设计方案。就现代居住空间而言,设计师的重要任务是怎样将空间处理得更加科学、更加合理,使各功能区更加明确化。

　　以下是对整个家居的各功能区进行具体的设计和手绘表现:

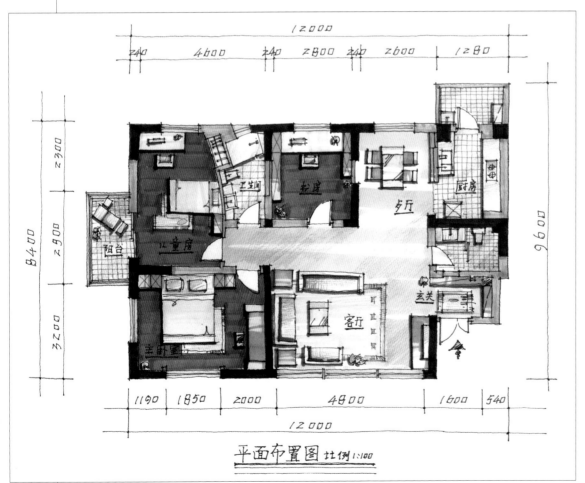

平面布置图 比例1:100

图8-1-1

一、玄关

玄关作为居室的第一道风景，是人们对家的第一感受，是居室设计中的一个重点。如果说门面是整所房子在外观上的价值体现，那么玄关就是居室主人展现其对生活追求的层次与品位的部位。玄关就像一面镜子，直截了当地反映出主人的情趣与品位，也是客人对居家及主人产生第一印象的地方。

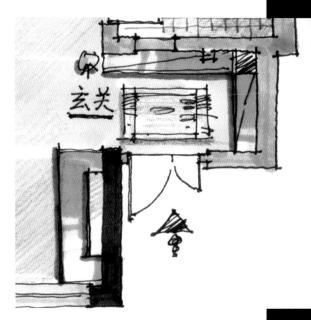

图 8-1-2

图 8-1-3

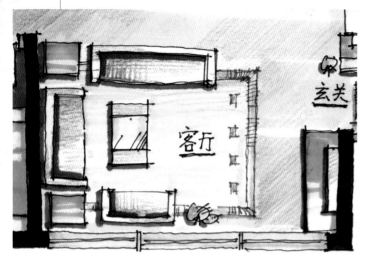

图 8-1-4

二、客厅

客厅是家的中心和灵魂，是整个装饰空间的主体。客厅的装饰为整个居室装饰风格奠定了基调，因此，客厅的设计已成为设计师的重点落笔之处。客厅的处理重点在于空间的处理上，如果客厅的空间处理得不合理，那么这个家居空间存在的意义等于是打了一半的折扣。做好客厅的设计，是家居设计的关键所在。现代家居客厅已具有会客、视听、娱乐、读书等综合性的功能，设计时应考虑它的实用性和美观性。

图 8-1-5

三、餐厅

现代家居中,餐厅正成为主人活动的重要场所,布置好餐厅,既能创造一个舒适的就餐环境,还会使居室增色添彩。因此,对餐厅的设计要便利整洁、安静舒适、光线柔和、色彩素雅,要特别注意餐桌、餐椅和餐边柜的摆放布置与餐厅的空间结合要协调、合理。还要为家庭成员的活动留出适当的空间。

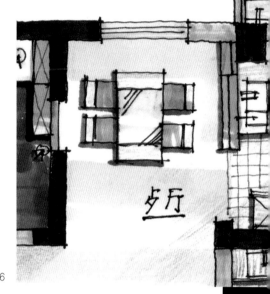

图 8-1-6

图 8-1-7

图8-1-8

四、主卧室

主卧室是主人的私密空间,也是整个家居中最为温馨和静谧的一个领地。主卧室的功能范围也在逐渐地扩展和完备,有些户型的主卧室由于面积较大,已备有较为独立的衣帽间、洗手间、读书区和休闲平台。主卧室的装饰手法宜简洁、明快,在体现主人兴趣爱好的同时,再给主人营造一个温馨、自然,利于睡眠的空间氛围。

图8-1-9

五、儿童房

儿童房的功能设计及装饰手法应视对象的年龄、性别而定，根据男孩、女孩的喜好、性格和生活习性的差异，对卧室的气氛予以不同的渲染和营造。学龄前的儿童和上学后的儿童对功能的要求也不尽相同，设计师要根据以上的不同点，细心把握，度身打造。

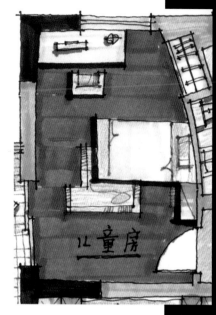

图8-1-10

图8-1-11

图 8-1-12

六、书房

书房对于不同的业主要求也不尽相同,书房的配备可反映出主人文化需求的一个层面。书房其功能是读书学习的地方,但现代家居书房含义的外延愈来愈大,书房除了它本身的功能之外,已兼有多种功能,如临时客房、休闲区、饮茶区或者棋牌室等,对书房的设计要根据实际,从多功能方面去考虑,把更多的自由使用空间留给业主。

图 8-1-13

七、厨房

厨房是家居设计中的一个重要环节，现代家居的主人对厨房设计的要求越来越高。对厨房的要求是利用效率高，便于操作，便于打理，而且功能要齐全。现在越来越多的家电产品进入了厨房，其空间占有率也愈来愈大，几乎每一空间都在被利用。厨房除了它基本配置之外，还增设了消毒柜、洗碗机、微波炉、电冰箱、热水器等一系列的现代厨房设备。现代厨房大致设计为"一"字形、"L"形、"U"形的布局等。厨房一般和餐区隔开，主要是为了隔离油烟。门式以玻璃推拉门设计为主，这样比较通透，再则，可让客厅光线照射到厨房，使用时更加亮堂。一个设计完美的厨房，能给业主带来极大的方便和愉悦感。

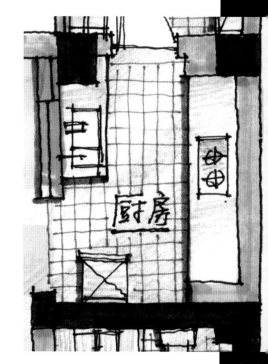

图 8-1-14

图 8-1-15

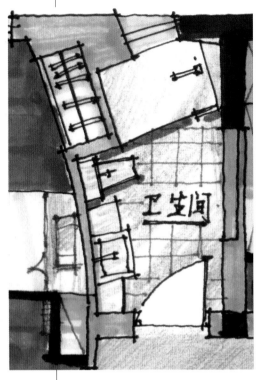

图8-1-16

八、洗手间

设计家居的洗手间最基本的要求是合理布置"三大件"：洗手盆、座厕、淋浴房。设计时应尽量做到采光性能好，使用空间设计得合理、完整、不凌乱，以便留有充足的活动区，便于打理。另外在色调的处理上要选择干净的色泽以达到亮丽、整洁的效果。

图8-1-17

九、阳台

阳台是住宅与外界最接近的地方，能充分接触到大自然的阳光、雨露，是家庭纳入外气的主要场所。主人茶余饭后往往会在阳台上休憩、远眺景观或阅读。设计时也应慎重对待，用心经营。

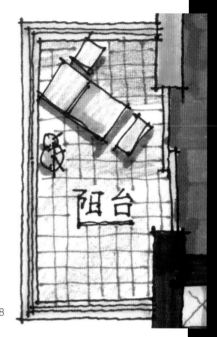

图 8-1-18

图 8-1-19

第9章
THE NINTH CHAPTER

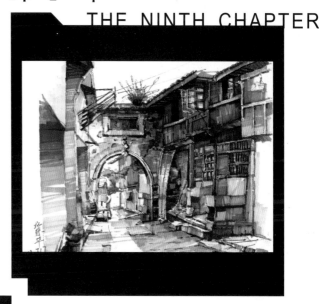

优秀表现
技法图例

作者: 佚 名

作者: 佚 名

作者：佚 名

作者：佚 名

作者：沙沛 种付彬

作者：沙沛 种付彬

作者：沙沛 种付彬

作者：沙沛 种付彬

作者：郭连训

作者：郭连训

作者：郭连训

作者：施徐华

作者：施徐华

作者：施徐华

作者：施徐华

作者：施徐华

作者：施徐华

参考书目

《室内设计资料集》 张绮曼 郑曙旸 中国工业建筑出版社

《设计思维与表达》 吴家骅 中国美术学院出版社

《体验设计·速写》 周刚 中国美术学院出版社

《表现技法》 刘铁军 杨冬江 林洋 中国建筑工业出版社

《新·环艺设计表现技法》 吴坚 金颖平 福建美术出版社

《手绘效果图表现技法》 赵国斌 福建美术出版社

《素描的诀窍》 伯特·多德森（美） 上海人民美术出版社

《奥列佛风景建筑速写》 R.S.奥列佛（美） 广西美术出版社

《建筑师与设计师视觉笔记》 诺曼·克罗 保罗·拉塞奥（美） 中国建筑工业
出版社

谢　辞

　　本教程根据不同的章节布置了许多思考题和作业，目的是为了帮助学生深入思考，加深对课程内容的理解和掌握，同时也可为任课教师作参考。

　　本教程的作品范例选用了美术院校部分师生的作品，同时还斗胆地选用了一些国内外的优秀作品，本着教学的目的，用以举例说明。由于有些作者姓名或地址不详，无法联系，如有冒犯或不妥之处，敬请谅解！在此对这些作者深表感谢！

　　本教程是笔者对自己多年来设计教学和实践的一次总结，由于水平有限，时间仓促难免有许多不足之处，真诚地期望能得到来自各方面的赐教、批评和指正。

　　在此谨向本教程编写过程中给予帮助的人员：李　捷、徐小华、李国伟、金根珠、施华敏、钱　程、熊阳松、崔晓滨、周生龙、孙复民、陈　仲、胡小雁、刘　静等广大学者表示衷心的感谢。特别是要感谢本教程的责任编辑程勤老师和中国美术学院王其全教授和夏克梁老师给予的指导。借本书出版之际，再次向所有给予帮助的同仁表示诚挚的谢意。

作者

2007 年 6 月

图书在版编目（CIP）数据

设计表现教程. 环境艺术/施徐华著. —杭州：浙江
人民美术出版社，2007.6（2008.7重印）
新概念中国美术院校视觉设计教材
ISBN 978-7-5340-2359-0

Ⅰ.设… Ⅱ.施… Ⅲ.①艺术-设计-高等学校-教材
②环境设计-高等学校-教材 Ⅳ.J06 TU-856

中国版本图书馆CIP数据核字（2007）第082759号

主　　编	王国梁
编　　委	周小瓯　张建春　光　远　刘　孟　徐　迅　周　旭
	王　荔　吴晓淇　邵　建　钱江帆　陈耀光　吕　琦
	杜晨鹰
作　　者	施徐华
责任编辑	程　勤
装帧设计	程　勤
责任印制	陈柏荣

新概念中国美术院校视觉设计教材

《设计表现教程·环境艺术》

出 品 人	奚天鹰
出版发行	浙江人民美术出版社
社　　址	杭州市体育场路347号
电　　话	(0571) 85170300　邮编　310006
经　　销	全国各地新华书店
制　　版	杭州百通制版有限公司
印　　刷	杭州星晨印务有限公司
开　　本	889×1194　1/16
印　　张	11
版　　次	2007年6月第1版　2007年6月第1次印刷
	2008年7月第1版　2008年7月第2次印刷
书　　号	ISBN 978-7-5340-2359-0
定　　价	58.00元